KB274599

오늘 하루가
행복
해지는 책

오늘 하루가 행복해지는 책

초판 1쇄 | 2004년 11월 15일
초판 4쇄 | 2005년 4월 15일
지은이 | 박성철
펴낸이 | 김영재
펴낸곳 | 책만드는집

주소 | 서울 마포구 합정동 428-49 4층 (121-886)
전화 | 3142-1585·6
팩시밀리 | 336-8908
E-mail | chaekjip@chol.com
등록 | 1994. 1. 13. 제10-927호

지은이와의 협약에 의해 인지를 따로 붙이지 않습니다.
잘못된 책은 구입하신 서점에서 바꾸어드립니다.

ISBN 89-7944-204-1 (03810)

오늘 하루가 행복해지는 책

박성철 지음

Happy Book

책만드는집

프롤로그

'책이 내 인생을 송두리째 바꿔놓았다.'
나는 사람들이 흔히 하는 그 말을 믿지 않았다.

책 한 권이 내 인생을 갑자기 바꿔놓을 것이라고는 상상도 하지 않았다.

단지 때로는 내 안에 있는 지식의 허기를 채우기 위해,

때로는
메말라가는 내 마음을 위로 받기 위해,

서글픈 일이긴 하지만 또 때로는 어쩔 수 없는 이유로 책을 읽어왔다.

내가 읽은 책의 숱한 구절들은 내 인생을 송두리째 바꾸지는 못했지만

그것은 가랑비 같은 것이었다.

내리는 줄 모르다가 돌아서면 어느새 내 몸이 흠뻑 젖어 있는 그런 가랑비 말이다.

그렇게 책으로 인해 내 인생은 서서히 젖어가고,

서서히 바뀌고 있었다는 사실을 나는 이제야 인정하지 않을 수 없다.

이 글들은 나를 그렇게 서서히 적셔주었고,

내 삶을 행복하게 해주었던 구절들이고 그것에 대한 단상들이다.

나는 지금도 책이 인생을 송두리째 바꾼다고는 믿지 않는다.

하지만 좋은 글은 사람의 인생을 시나브로 바꾼다는 것,

오늘 하루를 행복하게 만들어준다는 것, 그리고 한 달쯤은

가슴에 따스한 군불을 지펴줄 수 있다는 것을 굳게 믿고 있다.

이 글을 읽는 그대에게 나 또한 큰 바람을 가지고 있지는 않다.

그저 읽고 나면 '오늘' 하루만이라도 행복해지기를 바랄 뿐…….

2004년 11월 박성철

차례

1장

당신은 알고 있는가?

지금 당신이 서 있는 곳이 어딘지를.

지금 당신은 어느 곳을 향해 달려가고 있는지를……

내 마음속의 거울

인생에는 두 가지 규칙이 있다.
첫째, 절대 포기하지 말 것!
둘째, 첫 번째 규칙을 항상 명심할 것.
— 듀크 엘링턴

하루하루 삶이 절망으로 느껴질 때가 있다. 살다보면 가벼운 바람에도 내 삶 전체가 허물어질 듯한 아슬아슬한 시간들이 있다. 그때는 모든 것을 포기하고 싶어진다.

매일 '이게 아닌데, 이게 아닌데……'를 주문처럼 외우고 살아가는 것은 얼마나 무의미한 일인가.

그럴 때 나는 이 구절을 떠올려본다. 그래서 모든 것을 포기하고 싶은 마음을 다시 추슬러 본다.

인생에서 이 두 가지 규칙만 정확하게 지킨다면 세상의 한숨들이 아마 절반으로 줄어들게 되지 않을까.

사람을 바보처럼 노려보는 텅 빈 캔버스를 마주할 때면, 그 위에 아무것이든 그려야 한다. 텅 빈 캔버스가 사람을 얼마나 무기력하게 만드는지 모를 것이다. 비어 있는 캔버스의 응시, 그것은 화가에게 "넌 아무것도 할 수 없어"라고 말하는 것과 같다.
많은 화가들은 텅 빈 캔버스 앞에 서면 두려움을 느낀다. 반면에 텅 빈 캔버스는 "넌 할 수 없어"라는 마법을 깨부수는 열정적이고 진지한 화가를 두려워한다.

　　― 빈센트 반 고흐

지금 한 화가가 짙은 어둠이 내린 적막하고 쓸쓸한 밤 풍경을 그리고 있다. 그의 캔버스에 그려진 풍경은 어둡고 침울하며, 생명이 다한 것 같은 앙상한 가지만 남은 나무 한 그루만이 서 있다.

또한 매섭게 불어오는 바람이 느껴지며 형체를 알아볼 수 없는 길들이 있다. 그림 속에 들어 있는 모든 것들은 주위의 어둠에 물들어 더욱 적막하게 느껴지고 있다.

얼마의 시간이 흐른 후 지친 표정으로 잠시 쉬고 있던 화가는 다시 붓을 들었다. 집을 그리고 집 밖으로 창을 내고 그 창에 빛을 그려넣었다. 하늘에 별을 그리고 쓸쓸한 길가에 빛을 비추는 가로등을 그리고, 앙상

한 가지에는 나뭇잎을 그리기 시작했다.

그림은 변하기 시작했다. 그림은 어느새 어둠에서 밝음으로, 절망에서 희망의 빛으로 변하고 있었다.

이 그림을 그리고 있는 사람은 바로 당신이다. 어둡게 보이는 삶의 그림을 밝은 희망의 빛으로 바꿀 수 있는 오직 한 사람, 바로 당신이 화가인 것이다.

붓을 들어 내 삶의 그림을 다시 그려보라. 세상은 지금 화가가 되어 그림을 그리는 당신을 삶의 주인이라 부른다.

챔피언이란 체육관에서 만들어지는 것이 결코 아니다. 챔피언들은 자신들의
내면 깊은 곳에 있는 소망, 꿈, 이상에 의해서 만들어지는 것이다.
챔피언은 막바지 순간에 순발력이 있어야 하며, 좀 더 빨라야 하고,
기량과 자신의 의지가 있어야만 한다.
하지만 의지가 기량보다 훨씬 더 강해야만 그 자리에 오를 수 있다.

— 무함마드 알리

세상은 하나의 무대이다.

누구나 어떤 역할을 하나씩 맡아서 해나가야 하는 무대.

세상이라는 무대에 서 있는 모든 사람의 역할은 주인공이다.

하지만 모든 사람이 다 성실하고 열정적으로 살아가지는 않는다.

삶의 주인공이면서 주인공처럼 연기하지 않는 숱한 사람들…….

삶은 결코 저절로 좋아지지 않는다.

자신의 강한 의지가 없는 한 삶은 결코 꽃바구니를

선물하지 않는 법이다.

뭐니뭐니 해도 삶에 있어 가장 우선순위는

자신이 무엇이 되겠다는,

무엇을 하겠다는 강렬한 의지인 것이다.

만일 내가 생각하기에 모든 사람들을 위한 단 하나의 가장 유용한 충고 한 마디를
해달라고 누가 내게 부탁한다면 이렇게 말해 주겠다.
고난을 인생의 불가피한 일부로 예상하고, 그것이 찾아오면, 머리를 높이 들고
그것을 정면으로 바라보면서 말하라.
"나는 너를 이길 것이다. 넌 나를 꺾을 수 없어!"
그리고는 모든 말 중에서 가장 위안이 되는 이 말을 당신 자신에게 반복하라.
"이것 또한 지나갈 것이다."

— 앤 랜더슨

가끔은 주체할 수 없을 정도로

허물어질 때가 있다. 세상의 불행이라는 불행은

모조리 자신에게만 향해 있는 것 같은 느낌.

그때의 절망감이란…….

내게도 그런 아픈 순간이 있었다.

세상이 온통 잿빛 어둠으로 보이던 그런 순간이 있었다.

그때 나보다 더 힘들고, 나보다 더 아픈 친구가

내게 이런 말을 했다.

"아무리 거센 비바람이라도 멈추게 되어 있어.

아무리 짙은 어둠이라도 꼭 아침을 맞기 마련이지."

너무도 힘겨운 하루를 살아가고 있는 당신에게

이제 남은 건 비오고 난 후의 아름다운 무지개이다.

그 어느 때보다 눈부신 신새벽이다.

내가 젊었을 때는 세상을 변화시킬 만한 힘을 달라고 기도했습니다.
중년이 되었을 때는 내 친구들과 가족들을 변화시켜달라고 기도했습니다.
그러나 노년이 된 지금 나는 나 자신을 변화시켜달라고 기도합니다.
만약 처음부터 이 기도를 드렸다면 아마 내 인생은 훨씬 달라졌을 것입니다.

— 슈퍼 비야지드

어린 시절 「알라딘」이라는 동화를 재미있게 읽었다.

그 동화에는 '요술램프'가 나온다.

손으로 문지르고 원하는 소원을 말하면 무엇이든지 다 들어주는

요술램프. 동화를 읽다가 문득 그런 생각이 들었었다.

'내가 그 요술램프를 가지고 있다면 나는 무슨 소원을 빌까?

나는 아마 대통령이 되게 해달라고 했던 것 같다.

어른이 되어 〈알라딘〉이라는 월트 디즈니사의

만화 영화를 감명 깊게 보았다.

나는 문득 어린 시절의 기억이 떠올랐다.

'어린 시절 난 요술램프에게 대통령이

되게 해달라고 했지?' 하며 미소를 지었었다.

그러다 문득 든 생각은

'지금 내가 무슨 소원이든 들어주는

그 요술램프를 가지고 있다면

나는 어떤 소원을 빌까?' 하는 것이었다.

어른이 된 나는 더 이상 대통령이 되게 해달라거나
복권에 당첨되게 해달라고 빌지는 않을 것이다.
이제 나에게 요술램프가 쥐어진다 해도 내 힘으로
어느 정도 가능하고, 내가 될 수 있는 범위 내에서
소원을 빌게 될 것이다.
이제 나는 삶은 원샷 게임이 아니라는 것을 알게 되었기 때문이다.
삶은 99%의 노력과 1%의 운,
여건과 같은 어떤 것으로 이루어진다는 것을
알게 되었기 때문이다. 고작 그 1%를 바라보며
인생을 낭비하고 싶지는 않다.

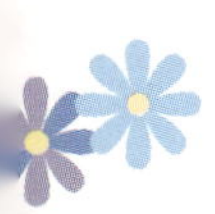

삶의 의미란, 수수께끼의 정답이나 보물찾기의 보물처럼 어쩌다가 우연히
발견하는 것이 아닙니다. 의미란, 당신 스스로 자신의 삶 속에서 세워나가는 것입니다.
당신 자신의 과거로부터, 당신의 애정과 충성심으로부터, 당신에게 전해져 내려온
인류에 대한 경험으로부터, 자신의 재능과 지식으로부터,
당신이 믿고 있는 것으로부터, 당신이 사랑하는 사물들과 사람들로부터,
당신이 무언가를 희생할 수 있을 정도로 가치를 두고 있는 것으로부터……
그런 모든 것들로부터 당신이 세워나가는 것입니다. 모든 재료들이 거기 있고,
그 재료들을 조합할 수 있는 사람은 당신뿐입니다. 삶의 순간들이, 시간의 조각들이,
당신에게 의미와 존엄성으로 새겨지도록 하십시오. 그리고 만약 그렇게 된다면,
실패나 성공에 대한 저울질은 그리 중요하지 않을 것입니다.

— 존 가드너

언젠가 친구들과 자신이

지금 잘 살아가고 있는 것인지에 대한 이야기를 나눈 적이 있었다. 각자 자신의 인생이 성공적인 인생인지에 대한 이야기를 나누며 많은 고민에 빠졌었다.

'과연 나는 잘 살아가고 있는 것인가?'

그 어느 누구도 자신 있게 성공한 인생이다, 실패한 인생이다 이야기하지 못했다. 우리의 삶은 아직 현재진행형이기에…….

나는 성공한 인생이 어떤 것인지 잘 알지 못한다. 하지만 그런 인생을 살기 위한 기본은 하루하루를 열심히, 최선을 다해 자신의 삶을 퍼즐 맞추듯 맞춰 나가는 것 아닐까? 하나하나는 보잘것없는 종잇조각에 불과하지만 어느 날 먼 곳에서 보면 한 폭의 아름다운 그림이 되어 있는 퍼즐. 그처럼 자신의 하루하루도 열심히 장식해 가다보면 어느 순간 돌아볼 때는 멋진 그림이 되어 있지 않을까?

때를 놓치지 말아라!

이 말은 영원한 교훈이다. 그러나 사람들은 이것을 그리 대단치 않게 여기기 때문에
좋은 기회가 와도 그것을 잡을 줄은 모르고 때가 오지 않는다고 불평만 한다.
하지만 때는 누구에게나 오는 것이다. 단지 그것을 모르고 지낼 뿐이다.

— 데일 카네기

기회의 신은 참으로 우스운 모습을 하고 있다.

기회의 신은 앞머리만 무성히 있을 뿐

뒷머리는 번쩍번쩍한 대머리이다.

우리는 흔히 기회가 우리 앞에 찾아왔을 때

멍하니 바라만 보고 있다.

그리고 기회가 우리를 지나가 뒷모습을 보일 때는

후회하면서 기회를 잡으려고 한다.

하지만 기회의 뒷머리는 대머리이므로 우리는 결코

기회를 붙잡을 수가 없다.

기회가 자신의 앞에 왔을 때 단단히 붙잡을 수 있는 사람이 되어라.

기회는 결코 팡파르를 울리며 요란하게 오지 않는다.

그러므로 기회가 왔을 때 그것을

잡기 위한 준비를 미리 해두어야 하는 것이다.

최선을 다하고 있다면, 우리는 우리의 삶에, 혹은 다른 사람의 삶에
기적이 일어났음을 알아차리지 못한다. 그들에게 기적은 당연한 결과이기 때문이다.

－ 헬렌 켈러

노벨상을 수상한 사람들의 공통점을
연구 조사한 결과는 우리에게 많은 것을 깨우쳐준다.
그들의 공통점은 머리가 좋은 것이 아니었다.
노벨상을 탄 사람들은 한 가지 일을 시작하면
그 일을 끝까지 해내는 사람들이었다.
최선을 다해 자신의 일을 끝까지 해나갈 때 삶의 기적은 시작된다.
이미 당신은 그 기적의 바로 앞에 와 있다.
이제 조금 더 나아가 그 기적을 이루어내느냐,
기적의 문턱에서 무릎을 꿇느냐 하는 것을 선택하는 것이
당신에게 남겨진 일이다.
눈부신 기적을 눈앞에 두고 훗날
'내가 한 걸음만 더 내딛었더라면……' 하고
후회하는 일이 없기를.

너무도 간절히 하고 싶었던 일을 하면 아드레날린이 샘솟는다.
비행기 없이도 날 수 있을 것 같은 기분이 들 정도다.
- 찰스 린드버그

닥종이 인형 작가 김영희 씨의 작품은
서정성이 풍기며 1960년대의 동심을 잘 표현한 것으로 유명하다.
그녀는 인형 만드는 일에 자신의 생을 걸었다면서 이런 말을 했다.
"나는 내 인형을 슬플 땐 울면서 만들었고, 기쁠 땐 웃으면서,
힘들 땐 한숨을 넣어 만들었다."
이렇게 만든 인형인데 어떻게 사람들의 사랑을
받지 않을 수 있겠는가?
자신의 숨결과 웃음, 눈물과 한숨을 모두 불어넣어
하루하루 인생을 살아간다는 것은 눈부신 아름다움이다.
비록 세상도, 인생도 결코 호락호락하지 않지만
자신이 간절히 하고픈 일을 최선을 다해 살아가는
사람의 인생은 솜털처럼 가벼운 인생이다.

눈물 속에 웃음이, 한숨 속에 기쁨이 숨어 있음을
느낄 수 있는 것은 자신이 간절히 하고픈 일을 해나가는
사람만이 가질 수 있는 특권이다.
당신이 무슨 일을 하든 그 일을 사랑하라.
그 일에 자신의 숨결, 웃음, 눈물, 땀을 모두 불어넣어라.
그러는 순간 당신은 당신이 발을 딛고 살고 있는 이곳이 바로
천국임을 느낄 수 있을 것이다.

걱정하느라 현재의 삶을 미루거나 '지평선 너머 신비의 장미 정원'을 꿈꾸고
있지는 않은가? 과거에 일어났던 일을 후회하느라 현재를 망치고 있지는 않은가?
아침에 일어나면 주어진 24시간을 최대한 활용하기 위해 '오늘을 잡는다'는
결심을 하는가? '오늘 속에서 생활한다면' 보다 보람찬 인생을 살 수 있지 않을까?
언제부터 이 교훈을 실천할까? 다음 주?…… 내일?…… 아니면 오늘?

― 데일 카네기

어린시절 추억 하나를 떠올려 보았다.

학교에서 소풍 가는 날이 발표되면 달력에 그 날짜에 커다랗게 동그라미를 쳤었다. 그리고 하루가 지나면 그날에 커다랗게 가위표를 치며 하루가 가는 것을 즐거워했다. 그렇게 하나씩 하나씩 가위표를 치면서 날짜를 지우다보면 어느새 커다랗게 동그라미가 쳐진 소풍 가는 날이 다가왔다.

그 추억을 떠올리다 문득 이런 생각이 들었다.

'아, 참 많은 시간이 흘렀구나. 나는 내 인생의 많은 날들을 가위표를 쳐왔구나. 가위표를 쳐온 만큼 내 인생의 수많은 날들이 사라져버렸구나.'

그런 생각을 하고 있자니 내가 '오늘 하루' 라는 시간을 너무 가볍게 보낸 것은 아닌가 하는 생각이 들었다.

계속 줄어만 가는 내 인생의 소중한 시간들. 이런 아쉬움이 들지 않도록 좀 더 열심히 살아야겠다.

잠재의식은 비옥한 밭과 같다. 그러나 그 땅이 아무리 기름지다 해도
그대로 방치해 두면 머지않아 잡초가 무성해 못쓰게 된다.
따라서 긍정적이고 적극적인 자기 암시의 씨앗을 심고 열심히 가꾸어야 한다.
이로 인해 당신은 점점 풍요로워질 수 있다.

— 나폴레온 힐

당신의 가슴속에는 거인과 허수아비가
동시에 살고 있다.
당신은 잠자는 거인을 깨울 수가 있다.
이 거인은 당신의 하인이다.
이 거인은 당신이 바라는 것은 무엇이든 가져다준다.
당신은 잠자는 허수아비를 깨울 수도 있다.
이 허수아비는 당신의 골칫거리다.
이 게으름뱅이는 당신이 어떤 것을 시도하든
옴짝달싹하지 않아 결국엔
실패의 멍에를 씌워준다.
당신의 가슴속에 잠자고 있는
거인과 허수아비 중 누구를 깨우느냐는
당신의 선택에 달렸다. 하지만 당신은 알아야 한다.
누구를 깨우느냐에 따라 당신의 인생은
180도 달라진다는 사실을……

아름다운 입술을 갖고 싶다면 친절한 말을 하라.
사랑스런 눈을 갖고 싶다면 사람들의 좋은 점을 보아라.
날씬한 몸매를 갖고 싶다면 맛있는 음식을 배고픈 사람들에게 나눠주고,
아름다운 머릿결을 갖고 싶다면 어린아이에게 하루 한 번씩 당신의 머리를 쓰다듬게
하라.
아름다운 자세를 원한다면 결코 혼자서는 걷지 말아라.

— 섬 레벤슨

섬 레벤슨의 이 글은 결국 사람의 아름다움은

자기 자신의 외모에 있지 않다는 소중한 진실을 가르쳐주고 있다.

내가 가지고 있는 것을 다른 사람과 나눌 때,

자기 자신의 내면을 잘 가꾸어나갈 때

자신도 모르게 아름다워진다는 그의 글.

그의 이 글을 대할 때면 왠지 모르게 부끄러워진다.

이 사실을 너무도 잘 알고 있으면서도

제대로 실천하지 못하는 나의 모습 때문에.

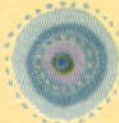

사람은 인생이라는 카드 게임에서 모든 능력을 발휘한다.
주어진 패로 게임하지 않고 받았어야 할 패를 아쉬워하며
그 패에 미련을 두는 사람, 이들이야말로 인생의 실패자들이다.
우리는 게임을 하겠느냐는 선택의 질문을 받지 않았다.
인생은 선택이 아니다. 게임은 반드시 해야만 한다.
단지 선택해야 할 것은 방법이다.

― 앤소니 드 멜로우

삶이란 선택의 문제가 아니라 방법의 문제이다.

삶이란 없는 것에 대한 아쉬움이 아니라 주어진 것으로

아름답게 견딜 줄 아는 것이다.

삶과의 대결에서 흔들리지 말 것.

삶과의 대결에서 후회하고 회피하지 말 것.

삶과 정면 대결해 볼 것.

그리하여 삶과의 한판 승부에서 근사하게 이겨내어

미소 지을 수 있기를…….

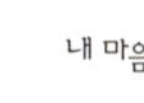

현명해지는 길이요? 그거요, 간단한 일이죠.

실수하고 또 실수하고 다시 또 실수하더라도 조금만 덜, 다시 조금만 덜,

다시 또 조금만 덜 실수하면 되는 거죠.

— 파이어트 하인 〈Grooks 1〉 중에서

인생은 실수의 전당이다.

수많은 실수를 통해 우리는 많은 것을 배우게 된다.

하지만 인생에서 필연적으로 겪어야 하는 실수를

절대 용납하지 못하는 사람이 있다.

실수했다는 그 사실 자체는 나쁜 것이 아니다.

실수에서 아무것도 배우지 못하고,

계속해서 같은 실수를 반복하는 것이 나쁜 일일 뿐이다.

실수했다고 해서 자신을 보잘것없는 존재라고 낮추어 생각하지 말아라.

실수하며, 느끼고, 알게 되고, 그래서 다시 한번 발전하는 것.

그것이 바로 인생이다.

나는 서서히 깨닫기 시작했다. 내가 어떤 특정한 상황에서 우울하거나 화가 나 있을 때에, 그것은 내가 그런 태도를 취하기로 '선택'했기 때문이라는 것을. 다시 말해서 바로 '나' 자신이 그런 선택을 한 것이다.

내가 생각하기에 우리는 각자 우리 자신의 개인적인 인생 드라마를 우리가 '진실'로 경험하고 싶어하는 것에 따라서 연출한다.

— 셜리 맥클레인

삶은 다양한 전시장이다. 이 전시장의 특징은 똑같은 사물에 두 가지의 이름이 적혀 있다는 것이다. 기쁨과 슬픔, 즐거움과 아픔, 미소와 눈물처럼 같은 사물에 두 가지의 이름이 존재하는 것이다.

우리는 그 전시장에서 자신의 기호에 맞는 것을 선택하는 것이다. 긍정적인 쪽을 선택하든지, 부정적인 쪽을 선택하든지 그것은 온전히 자신의 몫인 것이다. 자신이 선택한 것에 따라 인생의 드라마는 상영되는 것이다. 결국 삶은 선택의 문제인 것이다. 삶의 전시장에서 어떤 것을 선택하느냐 하는 것은 자신의 몫이며, 그 선택의 결과에 따라 달라지는 인생 드라마 또한 자신의 몫인 것이다.

이 작자 미상의 짧은 시도 그런 우리의 인생을 잘 설명해 주고 있다.

나는 성장할 수 있다
오직 내가 도달할 수 있는 높이까지만

나는 갈 수 있다
오직 내가 추구하는 거리까지만

나는 볼 수 있다
오직 내가 살펴볼 수 있는 깊이까지만

나는 될 수 있다
오직 내가 꿈을 꾸는 정도까지만

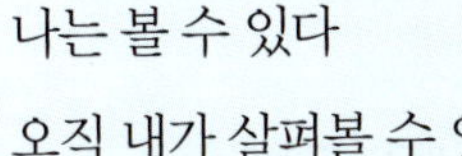

무엇보다 중요한 것은 커다란 기쁨들이 아니라 작은 기쁨들에서 많은 기쁨을 만들어내는 것이다. 행복의 비결은 '현재'에 사는 것이다. 그것은 과거를 영원히 후회하거나 미래를 기대하는 것이 아니라 바로 이 순간에서 가능한 최대의 것을 얻는 것이다. 모든 순간을 즐기면서 그렇게 즐기고 있음을 '아는' 것이 중요하다.

— 지인 웹스터

지금 현재 나의 모습에 감탄해 보자.

거울 속에 비친 내게 밝은 눈웃음을 지어 보이자.

남보다 크지는 않지만 아담해서 귀여운 나의 키에 감탄해 보자.

빼어난 얼굴은 아니지만 늘 미소를 짓고 있어 편안한 나의 얼굴에

감탄해 보자. 돈은 많이 없어 주변 사람들에게

이것저것 사줄 수는 없지만 힘든 사람에게

따뜻한 말 한 마디로 위로해 줄 수 있는

나의 넉넉한 마음에 감탄해 보자.

나의 모습은 결국 내가 만들어내는 것.

마음의 주름살을 펴고 나에게 감탄해 보자.

진정한 행복은 내 안에 있는

모든 행복의 씨앗들을 발견하고, 싹 틔우고,

키우는 일이므로……

우리는 결코 우리 인생의 마지막 순간에 어떠한 결과가 올지 예상할 수 없다. 하지만 인생 안에서 한 가지 확실한 것은 오직 우리의 노력뿐이다. 그리고 한 가지 분명한 사실은 가장 최선을 다한 노력이 자신의 인생에서 가장 최선의 결과를 가져온다는 사실이다.

— 카렌 케이시

인생과 낚시는 꼭 닮은꼴이다.

물고기를 낚기 위해서는 오랜 시간 참을 수 있는
인내가 필요하다. 지금 당장 물고기가 잡히지 않는다고 해서
이리저리 옮겨 다니면 오히려 물고기를 잡을 수 없게 된다.
그리고 파도가 거칠고 심하고 위험한 곳으로 들어가야만
좀 더 크고, 좀 더 많은 물고기를 잡을 수가 있다.
농구 황제 마이클 조던은 자신의 성공에 대해 이렇게 말했다.
"최고가 되려면 최고의 대가를 치러야 한다."
당신은 지금 자신의 삶에서 만족할 만한 결과를 얻지 못하고 있는가?
그렇다면 이제 당신이 사용할 수 있는 남은 방법은 오직 하나뿐.
최고의 노력을 당신의 인생에 투자하는 것이다.

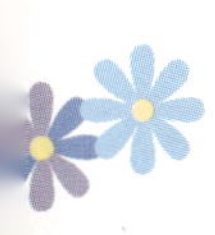

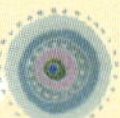

대서양에서 연어 한 마리를 잡으려면 평균적으로 한 마리당 낚싯줄을 400번에서 600번은 던져야 한다. 하지만 낚싯줄을 던질 때는 언제나 이번이 연어가 낚일 바로 그때라고 생각하고 던져야 한다.

― 테드 윌리엄스

삶은 시행착오를 거쳐 목적지에 도달하는 여행이다.

이 길은 시원하게 뚫린 고속도로가 아니라,

울퉁불퉁한 자갈길이다. 지름길을 알려주는 표지판 하나 없기에

여기저기를 돌아가야 하는 길이다.

단번에 도착할 수 없기에 포기하는 사람도 많지만

포기하지 않고 계속 시도하면

결국에는 목적지에 닿을 수 있는 그런 길인 것이다.

그렇다. 세상 모든 일들 중에 단 한 번에 이루어지는 일은 드물다.

많은 실패와 시행착오를 겪은 사람만이 승리의 월계관을

쓰게 되는 법이다.

모든 순간에 "할 수 있다. 될 수 있다"는

자신감을 가지고 혼신의 힘을 다해

임하라. 그렇게 절망하지 않고,

포기하지 않고 자신의 길을 계속

걸어간다면 결국에는 정상에 올라서서

두 손을 뻔쩍 들고

환호성을 지를 수 있게 될 것이다.

농구 황제 마이클 조던은 그런 삶의

여정을 충실히 걸어왔기에

오늘의 자리에 오를 수 있었던 것이다.

마이클 조던은 자신이 성공할 수 있었던

이유를 이렇게 설명했다.

"나는 농구 선수생활을 통틀어 9000개 이상의 슛을

실패했고, 거의 3000 게임에서 패배했다.

그 가운데 26번은 다 이긴 게임에서 마지막 슛의 실패로 패배했다.

나는 살아가면서 수많은 실패를 거듭했다.

바로 그것이 내가 성공할 수 있었던 이유이다."

"인생은 양손으로 다섯 개의 공을 던지고 받는 게임 같은 것이란다.
그 다섯 개의 공은 일, 가족, 건강, 친구 그리고 자기 자신이야.
우리는 끊임없이 다섯 개의 공을 던지고 받아야 하는데, 그 중에서
'일'이라는 공은 고무공이라서 땅에 떨어뜨려도 다시 튀어 올라오지.
하지만 건강, 친구, 가족, 자기 자신이라는 나머지 네 개의 공은 유리공이란다.
그래서 한 번 떨어뜨리면 돌이킬 수 없을 정도로 흠집이 생기거나
금이 가거나 아니면 완전히 깨져버리지.
그 다섯 개의 공 이야기를 제대로 이해해야 제대로 된 삶을 살 수 있는 거야!"

— 제임스 패터슨

사람은 자신이 죽기 전에는 아마 자신의 삶을 돌아보며
아쉬웠던 점, 후회스러운 점을 생각하게 될 것이다.
그때에 우리는 어떤 것들을 아쉬워하고, 후회하게 될까?
백만장자가 되지 못한 것? 유명 인사가 되지 못한 것?
직장에서 인정받는 사람이 되지 못한 것?
아닐 것이다. 그때 우리가 아쉬워하고 후회하게 되는 것은
대부분 이런 것일 것이다.
'왜 더 오랜 시간을 사랑하는 가족과 보내지 못했을까?'
'왜 친구들과 더 많은 시간을 보내지 못했을까?'

'왜 바쁘다는 핑계로 나의 건강을 챙기지 못했을까?'

'나는 왜 좀 더 아름다운 인생을 살지 못했을까?' 하는 것일 것이다.

오직 일 외에는 다른 것들을 보지 못하고 살아가는 많은 사람들.

인생에서 진정으로 중요한 것이 무엇인지 잊고 사는 것은 아닌지.

건강과 가족, 친구, 그리고 자기 자신은 한번 잃어버리면

다시는 되찾기 힘든 것들이라는 사실을 잊고 사는 것은 아닌지…….

우리의 인생은 모래시계와 같은 걸세. 모래시계 속의 모래알들은 시간에 따라 조금씩 아래로 떨어지지 않나? 우리도 하루를 시작할 때에는 해야 될 수많은 일들이 있지. 하지만 모래알이 모래시계의 가느다란 허리 부분을 통과해 내려오듯이 차례차례 그 일들을 처리하지 않으면 절대로 우리는 그 일들을 완수할 수 없지. 게다가 몸과 마음에 큰 상처를 입게 되는 거라네.

ㅡ 데일 카네기

살아간다는 것은 크고 거창한 일을 해내는 것이 아니다. 오늘 나에게 주어진 작은 것 하나를 성실히 해나가는 것이다.

"당신의 삶에서 행운을 만드는 열쇠란 당신 스스로 할 수 있는 작은 일들을 처리하는 것이다. 이런 작은 일들을 제대로 해결하지 않으면 그것이 차곡차곡 쌓였다가 언젠가는 '불운' 으로 닥쳐올지도 모른다"라고 앤드류 우드는 말했다.

악마가 인간을 유혹할 때 사용하는 말 중 하나가 '이 다음에……' 라는 말이다. 우리는 작은 것 하나를 '이 다음에' 라는 말로 스스로를 위안하곤 한다. 하지만 이 말은 곧 인생의 악성 종양이 되어 우리의 삶 전체에 치유할 수 없는 불치병이 되어버리는 법이다.

오늘 나에게 주어진 작은 일을 미루지 않고 해내는 것. 그것이 인생의 성공 공식 중 가장 기본 공식인 것이다.

인생을 싼값에 파는 사람에게 인생은 그 이상을 지불하지 않습니다. 뒤에 가서 후회해 봐도 이미 소용 없습니다. 인생에 고용되려고 하는 사람에게 인생은 원하는 만큼 급료를 줍니다. 가령 비참한 일이라도 자진해서 고생을 배운다면 자립심을 가지고 전진하는 사람에게 인생은 어떤 부라도 나누어줍니다.

— 나폴레온 힐

늘 부족한 자신을 원망하며 살아가는 사람이 있었다.

"나는 왜 이럴까? 능력도 없고, 욕심만 많고 다른 사람을 배려할 줄도 모르니. 이럴 바엔 차라리 태어나지 말았으면 더 좋았을 것을……."

그러자 곁에 있던 사람이 말했다.

"당신은 아직 완전하게 만들어진 것이 아닙니다. 지금도 조물주는 당신을 만들고 있는 중입니다."

당신에게는 값어치가 매겨져 있다. 하지만 그 값어치는 당신의 절대 가치가 아니다. 당신은 지금 완성된 작품이 아니라 만들어지고 있는 작품인 것이다.

지금의 값어치가 당신의 전부를 말하는 것이 아니라는 것을 명심할 것. 당신이 노력의 발걸음을 멈추지 않는 한 당신의 값어치는 상한가를 기록하게 될 것이다.

무릇 인생이란 하나의 근원적인 본질이다. 그것은 황금 그릇에 채워질 수도 있고, 질그릇에 담겨질 수도 있다. 황금으로 만들어진 그릇이라고 해서 그 안의 것이 더 값나가고, 질그릇이라고 해서 보잘것없어지는 것이 아니다. 본질은 불변한다. 만일 어떤 사람이 "인생은 참으로 귀한 것이구나. 그래, 나는 이것을 담을 아름다운 그릇이 되어보겠다" 한다면 그 사람은 삶에 매혹된 사람이다.

그러나 만일 그가 그의 오직 하나뿐인 항아리를 다만 그것이 황금이 아니라는 이유로 땅에 내던져 깨뜨리고 안에 든 것을 쏟아버린다면, 그는 정말 어리석거나 아니면 그가 하는 짓으로 봐서 이미 죽은 인간이다. 이 점을 헤아리지 못하는 사람은 아무리 좋은 환경일지라도 그것이 불충분하다고 말하리라. 그는 언제까지라도 삶의 참 뜻을 알지 못할 것이며 또 어떤 생활에서도 결코 행복하지 못할 것이다.

— 펄 벅

미국의 한 자동차에 붙어 있는
스티커 중에 한때 유행했던 글귀가 있다.
"Bloom where you are plants
(네가 심어진 곳에서 꽃을 피워라)."
그곳이 척박한 땅이든
풍요롭고 기름진 땅이든
우리는 꽃을 피워내야 한다.
'내가 있는 곳은 왜 이래?' 라는
불평은 불행의 나락으로 빠지는 지름
길이다.
지금 자신이 심어진 곳에서
얼마나 아름다운 꽃을 피워내느냐 하는 것만이
우리가 관심을 가져야 할 문제이다.
꽃을 피워라! 자신이 서 있는 그 자리에서,
다른 사람의 모습이 아닌 자신만의 향기를 지닌 꽃을.

누구나 두 개의 주머니를 지니고 다닌다. 하나는 몸 앞면에, 다른 하나는 몸의 뒷면에 지니고 있다. 두 쪽 다 결점이 가득 들어가 있다. 그러나 앞쪽의 주머니에는 이웃 사람들의 결점이 가득 들어 있고, 뒤쪽의 주머니에는 자기 자신의 결점이 가득 들어 있다. 이런 까닭에 사람들은 자기 자신의 결점에는 눈이 어둡지만 이웃 사람들의 결점은 늘 놓치지 않고 보게 되는 것이다.

― 이솝

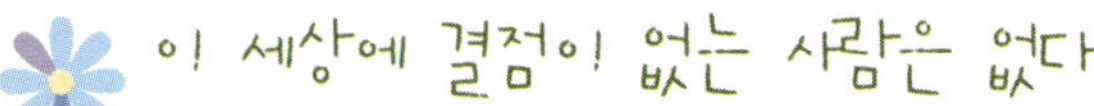

장점 없는 사람 또한 없다.

가끔씩은 상대방의 여러 가지 장점에도 불구하고 단점 하나에

실망하고 비난하는 나의 모습을 발견하게 된다.

그것이 얼마나 어리석고 못난 짓인 줄 잘 알고 있으면서도……

이제 내 마음의 대청소가 필요하리라.

이제 상대방의 장점에 관심을 집중할 수 있는

사람이 되어라. 상대방의 좋은 점을 보면

아낌없이 칭찬하는 내가 되리라.

그러면 두 사람이 행복해지기 때문이다.

칭찬을 받는 사람, 그리고 바로 나 자신……

웃음, 웃는 얼굴. 그것은 마법과도 같이 인생에 있어 참으로 삶을 여유롭게 한다. 산다는 것은 결코 쉽지만은 않다. 그러나 아침에 일어나 인위적으로라도 한번 웃어보라. 가능하다면 크게 소리내어 웃어보라. 처음에는 어색할지 몰라도 나중에는 가슴이 따뜻해지며 여유로운 마음을 가지게 되어 모든 일이 잘 될 것이다.

이렇듯 인생은 그저 주어지는 대로 사는 것이 아니라 만들어가는 것이다. 그래서 웃음은 인생의 보약이고 삶의 에너지인 것이다.

— 미끼도꾸지까

삶을 향해 가는 지름길을 알고 싶은가?

돈 한 푼 들이지 않고 성공하는 비법에 대해 알고 싶은가?

다른 사람으로부터 언제나 환영받는 사람이 되고 싶은가?

이 모든 것의 해답은 의외로 우리 가까운 곳에 있다.

그것은 미소 짓고 크게 웃는 것이다.

아무런 비용이 들지 않는 일이지만 그 위력은 허리케인처럼

대단한 것이 바로 웃음이다.

"내겐 웃을 일이 없는데", "웃을 이유가 없는데"라고 말하지 말아라.

그냥 한번 웃어보아라. 아무런 이유 없이,

아무런 조건 없이 웃는 웃음은 당신의 생활을 바꾸어놓을 것이다.

중요한 건 비판이 아니다. 누가 어떻게 비틀거렸으며 어디서 실수를 저질렀는가를 지적하는 사람이 중요한 게 아니다. 중요한 것은 실제로 인생의 경기장에 뛰어들어 먼지와 땀과 피로 얼굴에 상처 입은 사람, 용감하게 재도전하고 연거푸 실수하고 모자랐다 해도 결코 포기하지 않는 사람, 자신의 일에 정열을 쏟는 사람, 또한 가치 있다고 생각하는 목적에 인생을 바치는 사람이다.

그는 성공과 결실을 거두었든, 아니면 과감히 도전했으나 실패했든, 자신이 결코 승리도 패배도 모르는 소심하고 무감각한 영혼이 아니라는 사실을 깨닫게 되리라.

— 데오도어 루스벨트

인생은 승리하기 위해서 사는 것이 아니다. 아무런 문제없이 편안하기 위해 사는 것 또한 아니다. 인생의 목적은 흥미진진하게 사는 것에 있다. '내가 살아 있구나' 느끼면서 사는 것에 있다.

인생의 경기장에 뛰어들어 땀 한 방울 흘리지 않고 가만히 멀뚱멀뚱 서 있는 사람이 되어서는 안 된다. 뛰고, 달리고, 넘어진 사람을 일으켜 주고, 환호하고, 소리치며 게임을 즐기는 사람이 되어야 한다.

설령 게임에 지는 한이 있더라도 그렇게 한 후에야 후회도 없고 미련도 없다.

인생이라는 게임이 끝나 자리에 누울 때는 자신의 모든 것을 소진한 상태인 사람의 얼굴만큼 아름다운 것은 없다.

나는 살고 있다. 그러나 언제까지 살 수 있는 것인지 모른다.

나는 죽을 것이다. 그러나 언제 죽을지는 모른다.

나는 간다. 하지만 어디로 갈 것인지는 모른다. 그런데 이처럼 태연히 즐거운 표정으로 살아가도 되는 것일까?

— 작자 미상

남들이 다 탄다는 이유로 목적지도 모르는 기차에 올라탄다는 것은 얼마나 어리석은 일인가.

남들이 다 뛰고 있다는 이유로 자신이 가고픈 곳이 어디인지도 모른 채 마냥 뛰고만 있는 것은 얼마나 어리석은 일인가.

당신은 알고 있는가? 지금 당신이 서 있는 곳이 어딘지를.

지금 당신은 어느 곳을 향해 달려가고 있는지를……

희망을 주는 다섯 가지 진리는 다음과 같다.

착한 일을 하면 사람들은 당신에게 어떤 속셈이 있는지 의심한다. 그래도 착한 일을 하라. 당신의 친절을 사람들은 쉽게 잊는다. 그래도 친절하라. 공든 탑이 하루아침에 무너질 수 있다. 그래도 탑을 쌓아라. 물에 빠진 사람을 구해 주면 강도로 변할 수 있다. 그래도 도와라. 사람들은 강자의 편에 선다. 그래도 약자를 위해 노력하라.

— 켄트 케이스

삶은 언제나 알 듯 모를 듯, 잡힐 듯 말 듯,

우리에게 다가온다. 왜 삶은 정확한 정답을 주지 않는 것인지,

왜 공부를 해도 해답을 가르쳐주지 않는지 원망스러울 때가 있다.

아마 삶은 지금뿐 아니라 내가 살아 있는 동안에는

계속 그러할 것이다. 하지만 나는 삶에 있어서

우리가 정답에 가까이 갈 수 있는 법칙 하나쯤은 알고 있다.

그것은 '그래도' 의 법칙에 충실하는 것이다.

세상일이 마음대로 풀리지 않을 때, '그래도' 하며

고쳐 사는 것. 다른 사람이 나를 힘들게 할 때,

'그래도' 하며 그들에게 다시 한번

내 사랑을 보여주는 것.

'그래도' 의 법칙에 충실하는 것은

참으로 어려운 일이지만

자신의 삶을 가장 확실하게 업그레이드시켜준다.

이슬비가 내리고 있다. 당신은 밖에 나가서 우산을 편다. 그것으로 충분하다.

"구질구질하게 또 비가 오는군!"

이런 말을 한들 무슨 소용이 있는가? 비도, 구름도, 바람도 결코 마음대로 되지 않는데 어째서 "비 한번 시원스럽게 내리는군" 하고 말하지 못하는가?

— 알랭

바꿀 수 없는 것들을 불만의 안경을 끼고

바라보지 마라.

세상을 '이해의 안경' 으로 바라보는 습관을 길러라.

입에서 불평이 나오는 순간은 당신의 입에서

행복이 빠져나가는 순간과 같다.

불평은 입을 더럽히는 것에만 그치는 것이 아니라

인생 전체를 망치게 만드는 경향이 있기 때문이다.

사소한 것에 대한 불평 불만은

자신의 삶 전체에 영향을 미치게 된다.

마치 욕조에 물감 한 방울을 떨어뜨리면

금방 욕조 전체로 퍼져버리는 것처럼……

어느 산속에 아주 좁고 험한 길이 있었는데
그곳에는 "그렇습니다. 당신도 할 수 있습니다"라는 표지판이 있었습니다.
그 길은 너무도 좁았기에 자동차들이 도저히 빠져나갈 수 없어 보였습니다.
운전자들은 모두 차를 우선 멈춰 세우고
그 길을 무사히 빠져나갈 수 있는지 살펴보았습니다.
잠시 후 그들은 자신의 운전 실력이라면 그 길을 무사히
통과할 수 있다는 것을 믿고 운전을 했고 결국 목적지에 도착할 수 있었습니다.
지금 당신이 하고 있는 어떤 일을 믿으십시오.
그 일을 수행할 수 있는 당신의 능력을 믿으십시오.
당신이 스스로를 믿고 어떤 확신을 가진다는 것은
산속의 아주 좁고 험한 길목에 있던
"그렇습니다. 당신도 할 수 있습니다"라는 표지판과 비교할 수 있습니다.
"그렇습니다. 당신은 할 수 있습니다!"
이것은 바로 당신의 것이어야 합니다.

― 폴 마이어

"나는 할 수 있다"는 자신감을 가지는 일이다.

그것은 놀라운 마력을 가지고 있다.

'내가 할 수 있을까' 라고 의심하여 망설이고, 주저하고,

지레짐작 겁을 먹고, 포기하면서 우리는 많은 것들을 잃게 된다.

세상일은 자신감을 가지고 부딪쳐보면 생각했던 것보다

훨씬 쉬운 일들일 경우가 많다.

이제 세상과 한번 힘껏 부딪쳐보자.

엉켜 있던 삶의 실타래가 너무도 쉽게 풀리는 경험을 하게 될 것이다.

삶의 성적표에 우수한 성적을 남긴 사람들의 공통점은

"나는 할 수 있다"는 자신감이 있었기 때문이다.

세상에서 가장 위대한 것은 현재 서 있는 위치가 아니라 어디로 나아가느냐 하는 것이다. 천국이라는 항구에 도착하기 위해서는 때로 바람을 타기도 하고 때로는 거슬러가야 할 때도 있다. 그러나 우리는 떠다니거나 닻을 내리지 말고 항해를 계속해야 한다.

　　－ 올리버 웬델 홈즈

절친한 친구 중에 카피라이터가 있다.

짧은 글 속에 상품의 모든 것을 담아내는 광고 카피.

가끔씩 광고 카피의 기발함과 위대함에 감탄할 때

가 있다. 언젠가 친구에게 가장 멋진 광고 카피

가 어떤 거라고 생각하냐고 물은 적이 있다.

그 친구는 망설임 없이

모 음료수 광고 카피를 말했다.

"경기는 계속되어야 한다."

그래, 경기는 계속되어야 한다.

나 또한 이 카피처럼 간결하고 멋진

카피를 보지 못했다.

그 카피가 주는 강렬함과 뜻 깊음 때문이다.

경기라는 단어에 구태여 삶이라는 단어를

대입시키지 않아도 우리는 그 단어에서 삶을 떠올리게 된다.

우리의 삶 또한 패배에도, 거센 시련에도 멈추는 법이란 없다.

넘어질 수는 있다 해도 누워버리지는 말고, 쉬어갈 수는 있다 해도

주저앉지는 말며, 눈은 보다 먼 곳을 보며 지금 이 자리를 뛰면서

오늘 하루를 열심히 살아가는 당신이 되기를…….

경기는 계속되어야 하니까. 삶은 계속되어야 하니까.

2장

사랑의 발자국

사랑은 크고 거창한 나팔 소리와 함께 오는 것이 아니다.

힘든 사람에게 내미는 따스한 손길로 다가온다.

아픈 사람의 상처를 감싸안아 주는 부드러운 입김으로 온다.

죽을 때 당신은 저축해 놓은 돈을 가져갈 수 없지요. 하지만 다른 사람에게 나누어줄 때는 가져갈 수가 있답니다.

음식을 쌓아만 놓으면 당신은 그것을 가져갈 수 없지요. 하지만 다른 사람들과 함께 나누어 먹을 때는 그렇지 않답니다. 다른 사람을 위해 당신의 것을 나누어주는 것은 곧 당신 자신이 가져가는 것이랍니다. 왜냐하면 상대방은 당신을 언제까지나 기억하게 되기 때문이지요.

— 찰스 L. 휴즈

늘 내 것만 챙기고 나누는 것에 인색한 모습으로 살아가는 우리들……. 나 또한 그런 사람들 중의 한 명이라는 사실이 가슴 아프다. 이제 좀 더 많이 주는 연습을 해야 한다. 그래서 나눔의 행복을 느껴보고 싶다. 그렇게 다른 사람들에게 행복 바이러스를 전염시키는 사람이고 싶다.

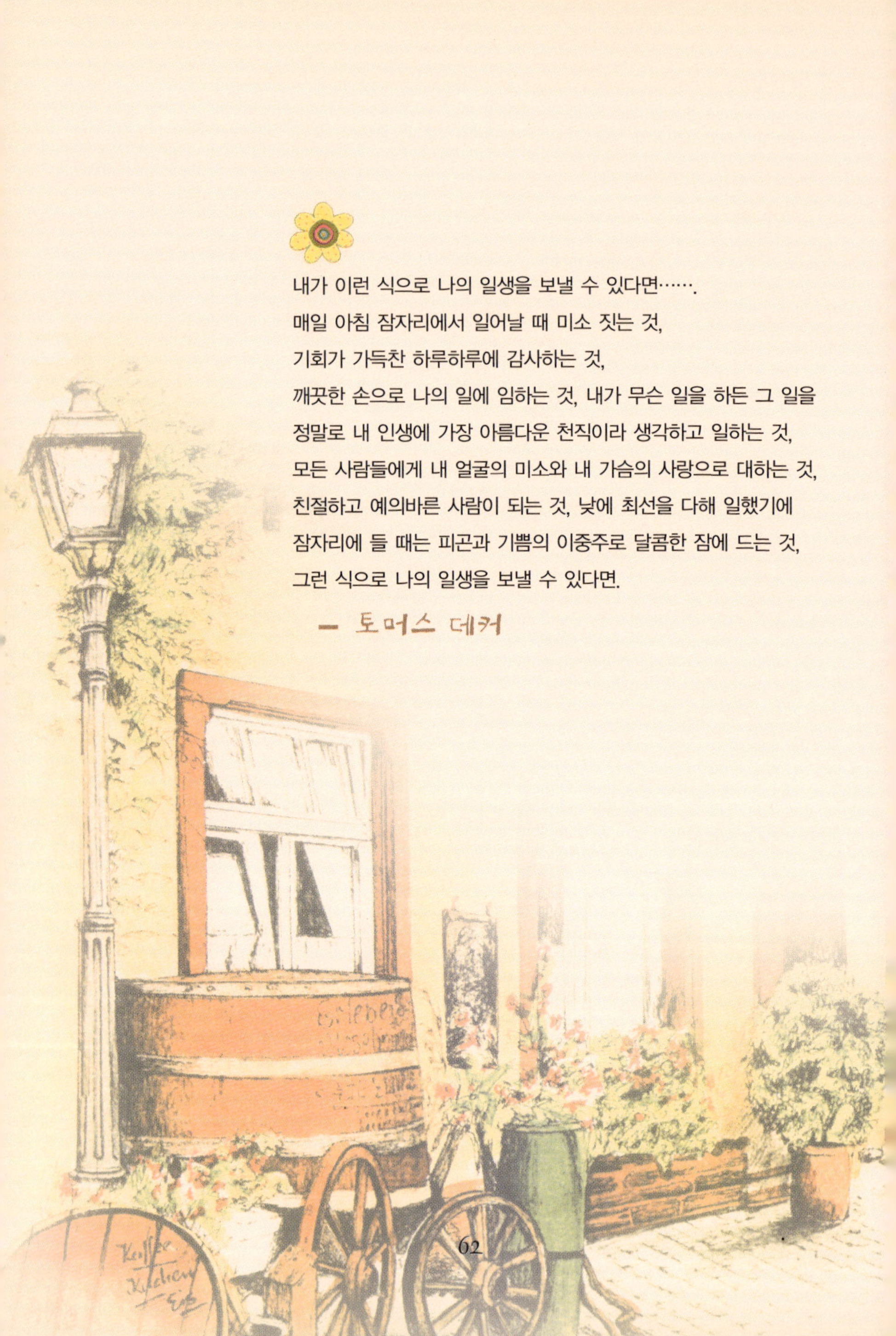

내가 이런 식으로 나의 일생을 보낼 수 있다면…….
매일 아침 잠자리에서 일어날 때 미소 짓는 것,
기회가 가득찬 하루하루에 감사하는 것,
깨끗한 손으로 나의 일에 임하는 것, 내가 무슨 일을 하든 그 일을
정말로 내 인생에 가장 아름다운 천직이라 생각하고 일하는 것,
모든 사람들에게 내 얼굴의 미소와 내 가슴의 사랑으로 대하는 것,
친절하고 예의바른 사람이 되는 것, 낮에 최선을 다해 일했기에
잠자리에 들 때는 피곤과 기쁨의 이중주로 달콤한 잠에 드는 것,
그런 식으로 나의 일생을 보낼 수 있다면.

― 토머스 데커

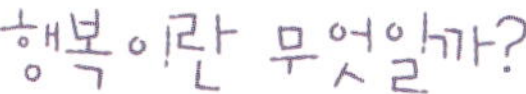

가끔씩 생각하게 된다. 그럴 때면 나는 내가 좋아하는 가수
신해철의 노래 '나에게 쓰는 편지' 의 노랫말을 떠올리곤 한다.

"이제 나의 친구들은 더 이상 우리가 사랑했던
동화 속 주인공들을 애기하지 않는다.
고흐의 불꽃 같은 삶도 니체의 상처 입은 분노도
스스로의 현실엔 더 이상 도움될 것이 없다 말한다.
전망 좋은 직장과 가족 안에서의 안정과
은행 계좌의 잔고 액수가 모든 가치의 척도인가.
돈, 큰 집, 빠른 차, 여자, 명성, 사회적 지위.
그런 것들에 과연 우리의 행복이 있을까."

어른이 된다는 것은 책임이 무거워지는 것인가 보다.
많은 것들을 가져야 하고, 많은 것들을 책임져야 하는.
하지만 많은 것을 가지게 될수록 가끔씩
'이건 아닌데, 이건 아닌데' 하는 생각을 하게 된다.
정말로 진정한 행복은 그런 것이 아닌데
우리는 그것이 행복이라 생각하며 살아가고 있는 건 아닌지……

비범한 사람이 되기 위해, 혹은 더 큰 인물이 되기 위해 마법을 찾고 있다면, 당신의 마법이 얼마나 가까운 곳에 있는지 결코 깨닫지 못할 것이다. 당신의 심장 박동, 당신의 호흡, 당신의 시야, 당신의 목소리가 곧 마법이다.

— 데비 베로우

미국인들이 하는 농담 중에 이런 말이 있다.

"이 지구상에서 가장 개발이 안 된 암흑 지대는 아프리카나 시베리아가 아니다. 바로 당신의 모자 밑이다."

우리는 너무도 자주 잊고 산다. 자신이 얼마나 위대한 존재인지를, 자신이 얼마나 무한한 가능성을 가지고 있는지를.

세계 최고의 미개발 지역이 바로 '나'일지도 모른다는 사실은 얼마나 가슴 아픈 일인가.

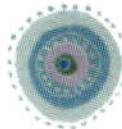

인생에 있어서 일어나는 사건의 약 90%는 올바르며, 약 10% 정도는 잘못된 것이다. 행복하고 싶은가? 그렇다면 올바른 90%의 일만을 생각하고, 잘못된 10%는 무시하면 된다. 하지만 괴로움과 고민이 많아 병에 걸리고 싶다면 잘못된 10%의 일만 생각하고, 올바른 90%는 무시하면 된다.

— 데일 카네기

나는 내 인생의 어떤 검색 엔진을 사용하고 있는가?

주로 부정적인 생각과 말을 검색하고 있는가, 아니면 긍정적인 생각과 말을 검색하고 있는가?

행복으로 가는 길에는 간단한 두 가지 원칙이 있다.

첫째, 내 흥미를 끄는 것이 무엇인지, 잘할 수 있는 것이 무엇인지를 찾아내는 것이다.

그런 다음에는 내 모든 것을 쏟아붓는 것이다. 내가 가진 힘과 소망과 능력을 모두 다.

— 록펠러

 인생이라는 경기에서 자신이 가진 모든 것을 내걸지 않는 사람이 성공할 확률은 거의 없다. 내가 진정으로 행복해질 수 있는 일을 찾고 그 안에 자신의 전부를 내거는 것이 유일한 인생 성공법이다.

간절하게 원하고, 즐겁게 일하라. 상쾌하고 멋지게, 활발하고 역동적으로, 성실하고 열정적으로 생활하는 사람에게 성공이 따라간다.

사실 알고 보면 사람이 견딜 수 없는 슬픔이란 없는 법이다. 다만 그것에 대한 공포심 때문에 확대경에 의해 미세한 세균이 더욱 크게 보이듯이 엄청난 비극으로 보이는 수가 가끔 있다.

만약 당신의 앞길을 가로막는 곤경에 처한다면 항상 명심하라. 하늘은 견딜 수 없는 슬픔을 인간에게 절대 주지 않는다는 사실을.

— 윌리엄 사파이어

자신의 삶에는 너무 큰 아픔의 짐이! 짊어져 있다고 불평하는 사람들이 있었다. 어느 날 신은 인생의 슬픔과 아픔이 많은 사람들에게 나타나 세상의 불행을 모두 모아놓은 장소를 가르쳐주었다. 그리고 거기에 모여 있는 불행 중에서 가장 가벼운 불행 하나를 가져갈 기회를 주었다.

포장되어 있는 불행 중 사람들은 각자 들어보고 가장 가벼운 불행 하나씩을 가지고 집으로 돌아갔다. 집으로 돌아간 모든 사람들은 놀라지 않을 수 없었다. 전부 자기 불행을 가지고 왔기 때문이다.

당신도 그런 사람이 아닌지……. 세상의 모든 불행의 화살이 자신을 향해 있고 가장 큰 슬픔은 나만 따라다닌다는 그런 어리석은 생각을 가진 사람은 아닌지…….

열심히 일하는 것은 매우 중요한 일이다. 하지만 사는 동안에는 가끔 길을 걷다가 꽃의 향기를 맡아보는 것도 잊지 마라. 할 일 없이 빈둥거리는 것, 아무 곳에 낙서를 하는 일, 어린 시절의 꿈을 되짚어보는 것, 유머 감각을 잃지 않는 것, 그리고 나비넥타이를 매어보는 것 등도 마찬가지이다.

꽃의 향기를 맡기 위해 몸을 낮추는 것은 인생에서 실제로 그리 어려운 일이 아니므로……

— 모간 추

유난히 어두웠던 어느 날 밤, 버스 맨 뒷자리에 앉아 집으로 오고 있던 중이었다. 아무 생각 없이 멍하니 앉아 창가를 보다 휘황찬란한 네온사인 밑을 지나면서 문득 이런 생각이 들었다.

'나는 지금 어디로 가고 있는 것일까?'

열심히 하루를 마치고 피곤한 몸을 자리에 기댄 채였는데 갑자기 왜 그런 생각이 났는지 모를 일이다. 하지만 그 생각은 계속 내 머릿속을 떠나지 않았고 나는 오래지 않아 그 이유를 알 수 있었다.

우리의 몸을 싣고 목적지로 무작정 달리는 버스처럼 나는 앞으로만 가느라 주위에 있던 소중한 것들을 놓치고 살아가고 있었던 것이다. 삶이 주는 여유를 잊은 채 살아가고 있었던 것이다.

높고 푸른 하늘 한번 올려다볼 여유가 없었고, 길가에 핀 들꽃을 보고도 '참, 아름답구나' 하고 감탄사를 연발할 마음을  잃어버렸고, 가족들과 함께 나들이하며 즐겁게 웃어도 좋을 시간을 줄이고 있었던 것이다.

'과연 이런 것들이 살아가는 동안 그렇게 하기 힘든 일일까?'

스스로에게 던진 이 질문에 똑같은 대답만 되풀이했다.

'그렇지 않은데, 그렇지 않은데……'

열심히 살아가는 것처럼 우리 인생에서 중요한 일은 무엇일까? 하지만 삶이 주는 이런 소중한 행복조차 잃어버리면서 살아가는 것이 과연 열심히 살아가는 것일까?

헤아릴 수 없이 엄청난 힘의 존재는 천둥, 폭풍, 지진과 같은 자연의 위력을 보면 우리는 알 수 있다. 하지만 가끔은 아주 단순한 것들, 이를테면 갓난아기라든지 나무 둥지에 앉은 새에게서도 신은 느낄 수 있다. 그 밖에도 손톱, 아이스크림, 미소, 눈물 따위에도 신은 숨어 있다.

— 케이스 하링

우체통에서 오랜만에 숫자가 찍힌 고지서가 아닌 자필로 쓴 누군가의 편지를 받게 되었을 때, 몹시도 더운 여름날 남편이 "오늘 많이 더웠지?" 하며 제과점에서 사온 팥빙수를 내밀 때, 어버이날 아이가 "엄마, 아빠 사랑해요"라며 가슴에 안겨 카네이션을 달아줄 때, 저녁 장을 보다 "5분, 깜짝 세일합니다" 하며 외치는 판매원의 소리를 듣고 달려가 싼 가격으로 찬거리를 장만했을 때……, 세상은 참 맛있다.

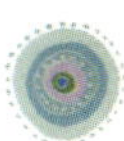

삶의 배를 가볍게 나아가게 하려면 그곳에는 꼭 필요한 것만을 실어라. 따뜻한 가정과 소박한 행복, 당신의 마음을 알아주는 친구 한두 명, 당신이 사랑하는 사람과 당신을 사랑하는 사람, 당신이 아끼는 강아지나 고양이 한 마리, 담배 파이프 등 당신이 좋아하는 것 한두 가지, 최소한의 입을 것과 먹을 것, 그리고 생명이 위험하지 않도록 충분한 물만 챙긴다면 세상살이가 넉넉하지 않겠는가!

― 제롬 플라프카

만화의 한 장면을 본 적이 있다.

바쁘게 살아가던 한 직장인이 소파에 누워 세상에서 더없는 평온한 미소를 짓고 있었다. 그리고 그는 이런 말을 했다.

"캔 맥주 하나, 그리고 이것을 즐길 수 있는 마음의 평화. 그 이상 남자가 바랄 것이 무엇인가?"

바쁘고, 무겁고, 혼란스럽고, 복잡하기 만한 세상. 다람쥐 쳇바퀴 돌 듯 돌아가는 하루하루. 그 안에 살아가면서 가끔은 가볍게 살아볼 필요가 있지 않을까? 정신의 비만에 허덕이는 우리들에게 진정으로 필요한 것은 이런 것들이 아닐까?

"천천히, 그리고 가볍게 세상 바라보기……."

어떤 사람에게 환경 미화원이라는 이름이 붙여지면,
그는 미켈란젤로가 그림을 그렸던 것처럼 베토벤이 작곡을 했던 것처럼
그리고 셰익스피어가 글을 썼던 것처럼 마땅히 거리를 쓸어야 한다.
그는 거리를 잘 쓸어서 하늘과 땅에 있는 모든 천사들이 멈추어 서서
"여기에 자신의 일을 정말 잘했던 위대한 환경 미화원이 살았다"라고
말할 정도가 되어야 한다.

　　ー 마틴 루터 킹 2세

"지금 당신이 하고 있는 일에는,

지금 당신이 살아가고 있는 인생에는 뜨거운 피가 흐르고 있는가?
단지 돈을 벌기 위해서가 아니라, 살아가기 위해서가 아니라,
자신의 모든 것을 내걸고 임하고 있는가?"
스스로에게 긍정의 대답을 할 수 없다면 당신의 인생에도
방향을 전환하는 깜박이를 켜야 할 때인 것이다.
신영복 선생님이 쓴 글 중에 너무도 감명 깊어
늘 내 가슴에 새겨두고 있는 "수처작주(隨處作主)"라는 말이 있다.
"서는 자리마다 주인이 되어라."

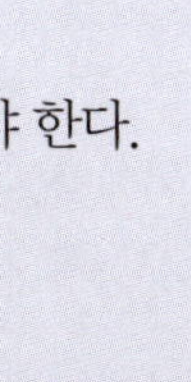

자신이 어느 곳에서, 무엇을 하고 있든 주인 된 삶을 살아야 한다.
누구도 대신 살아줄 수 없는 자신의 삶…….
당신도 잘 알고 있지 않은가? 내가 나를 사는 것인지,
누군가가 나를 살아주는 것인지도 의식하지 못하며
살아가는 사람의 삶은 얼마나 의미 없는 삶인지를.

"조금만 더 노력했다면 그 일은 틀림없이 해낼 수 있었을 텐데……."
"에이, 모처럼의 기회를 아깝게 놓쳐버렸다."
"할 수 있었던 일인데, 왜 안 했을까?"
"이미 늦었다"라는 말을 하는 순간, 인생은 지옥이 된다.

― 아이젠하워

친한 친구 중에 지갑의 안쪽에

영어 한 구절을 적어서 가지고 다니는 친구가 있다.

그가 적어놓은 구절은 바로 이것이다.

"Why not the best?(왜 최선을 다하지 않는가)"

그 친구는 하루가 끝날 무렵이면 차 안에서

이것을 주문처럼 외운다고 한다.

그리고 다음날 더 열심히 세상을 살아가리라,

다짐한다고 한다.

그의 그런 모습을 보면 내 입가에는

미소가 머문다.

삶을 치열하게 살아가는 사람의 모습,

그보다 아름다운 모습은 없기 때문이다.

만일 우리 인생이 단지 5분밖에 남지 않았다는 사실을 안다면 우리 모두는 공중전화 박스로 달려가 자신의 소중한 사람들에게 전화를 할 것이다. 그리고는 더듬거리며 그들에게 "사랑한다"고 말할 것이다.

— 크리스토퍼 몰리

무덤가에 엎드려 목놓아 우는 한 노인이 있었다.

그 노인은 "사랑합니다. 사랑합니다"라고 끊임없이 중얼거리며 울고 있었다. 너무도 서럽게 우는 그의 모습을 보고 곁에 있던 한 사람이 물었다. 왜 그렇게 '사랑한다'는 말을 중얼거리며 울고 있느냐고.

그 노인은 며칠 전에 죽은 자기 아내에게 너무 미안해서 그런다고 했다. 그리고 너무 안타깝다고 했다. 그래서 끊임없이 사랑한다고 말하고 있다고 했다. 살아생전에는 단 한 번도 건네지 못한 말이었다고 덧붙이며……

우리가 살아가면서 소중한 사람을 자주 잃게 되는 이유는 "사랑한다"고 말하는 것에 인색하기 때문일 것이다.

이제 이 말이 세상에 메아리치게 하자. 그래서 나의 소중한 사람의 가슴에도 그 말이 새겨지도록 하자. 그 말 한 마디로 인해 우리는 인생에서 소중한 사람들을 더 이상 잃게 되지 않게 될 것이므로.

규칙 1 : 당신이 누구든, 어디에 있든, 무엇을 가지고 있든지 행복하라.
규칙 2 : 인생이 힘겹고 불행하다고 생각될 때는 〈규칙 1〉로 돌아가라.

— 어니 J. 젤린스키

인생의 음악 중에서 가장 아름다운 음악은 '감사'라는 음악이다. 우리는 자신이 행복하다는 사실을 곧잘 잊어버리고 살아간다. 있는 것보다 없는 것에 관심이 더 집중되는 습관을 가지고 있기 때문이다.

인간의 습관 중 가장 나쁜 습관이 하나 있다. 어떤 것을 잃어버리기 전에는 그것의 소중함을 잘 알지 못한다는 것이다.

내가 언제, 어디서 어떤 일을 하든 행복하다고 생각하기를……. 그러는 사이에 어느새 자신의 주위를 둘러싸고 있는 모든 것들이 예사롭지 않다는 사실을 깨닫게 될 것이다.

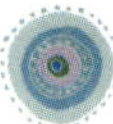

인생은 커다란 상점 같은 것이다. 오른쪽과 왼쪽에 각각 카운터가 하나씩 있는 법이다. 오른쪽 카운터에는 '행복'이라는 커다란 간판이 붙어 있다. 그곳은 사람들을 기분 좋게 해주는 생각들을 살 수가 있는 곳이다. 왼쪽 카운터에는 '불행'이라는 간판이 붙어 있다. 그곳은 사람들을 나쁜 기분이 들게 하는 생각을 살 수 있다.

그 둘 중에서 어떤 쪽을 선택하느냐는 우리들의 몫이다. 자기 스스로 어떤 카운터에서 살 것인가를 결정해야 한다. 무엇을 생각하고, 어떻게 느끼는가는 자신이 결정하는 것이다. 결국 인생은 자신의 몫이다.

잊지 말자. 불행은 우리에게 행복을 가르쳐주기 위해 찾아오는 연습 상대임을……

언제나 주인공은 천천히 나타나는 법. 행복이라는 것이 얼마나 소중한 것인지 가르쳐주기 위해 우리 인생에 엑스트라에 불과한 불행이 먼저 우리에게 모습을 보이는 것일 뿐이다.

인생이라는 커다란 상점에서 행복을 찾지 못하고 불행에만 눈길을 주는 어리석은 사람은 되지 않기를……

우리들의 대부분은 인생의 큰 포상을 놓친 채 끝을 냅니다. 퓰리처상, 노벨상, 아카데미상, 토니상, 에미상. 그러나 우리 모두는 인생의 작은 기쁨을 받을 자격을 가지고 있습니다. 어깨를 두드리는 격려의 손, 뺨에 가벼운 키스, 4파운드나 되는 큰 송어, 만월, 텅 비어 있는 주차 공간, 활활 타오르는 난로, 멋있는 식사, 절묘한 저녁나절, 따뜻한 수프, 차가운 맥주, 인생의 큰 상을 잡으려고 너무 애쓰지 말고 아주 작은 기쁨을 즐기세요. 그런 것들은 언제나 우리 모두를 위해 충분히 마련되어 있으니…….

— 글래이 매터

나는 삶에 있어 중요한 것은 눈앞의 현실이
아니라 삶을 바라보는 태도라고 생각한다.
매일 그 길을 가는 사람에게는 짜증나는
길일 수 있지만 그곳으로 여행 온
사람에게 그 길은 더없는
아름다움일 수 있는 것이다.
인생의 성공은 TV에 출연하고,
매스컴을 타고,
재벌이 되는 것이 아니다.
최고의 지식을 갖춘 사람이 되어
다른 사람들이 우러러보는 사람이
되는 것 또한 아니다. 인생이 우리에게
준비해 준 것을 충분히 누릴 줄 아는 사람.
그런 사람이야말로 인생에 있어서 성공을 거둔 사람일 것이다.
이제 눈을 들어 삶이 우리에게 준 고마운 선물들을 누려보자.
늘 준비되어 있는 것들을 충분히 누릴 줄 아는 것은
자신의 삶을 아름답게 만드는 교향악을 들을 줄 아는 사람이다.

양심은 내 가슴 안에 모서리가 세 개 달린 물건이다. 내가 잘못을 저질렀을 때는 그것이 돌기 때문에 마음을 아프게 한다. 그럼에도 불구하고 내가 계속 잘못을 저질렀을 때 그것은 너무 많이 돌아가게 된다. 그런 일이 계속되다보면 모서리가 닳아져 언제부터는 나를 더 이상 아프게 하지 않는다.

— 인디언 속담

무슨 일을 할 때 누군가가 나를 보고 있다고
조언을 해주는 내 가슴의 소리가 바로 양심이다.
작은 거짓말 하나에도 가슴이 쿵쾅거리며 얼굴은 홍조로 가득차던
어린 시절. 하지만 우리는 어른이 되어가면서
거짓말 한번 하는 것엔 더 이상 신경 쓰지 않게 되었다.
세상을 살아가기 위해선 그 정도는 별것이 아니라고
스스로를 위로하면서.
우리는 우리 자신의 양심을 속이면서
많은 것을 얻었지만 그보다 더 소중한
순수라는 우리 안의
보석을 잃고 있는 것은 아닌지…….

어느 눈 오는 날 오후에 한 노신사가 길가에서 추위에 떨며 누군가를 기다리고 있었다. 그때 신문팔이 소년이 지나갔다. 노신사는 소년을 불러 신문을 한 장 산 후에 이렇게 물었다.

"얘야, 춥지 않니?"

그러자 소년은 웃는 얼굴로 이렇게 대답했다.

"아저씨, 저는 아저씨를 만나기 전에는 굉장히 추웠어요."

— 레이몬드 오토

100℃의 난로보다 더 따뜻한 것은 누군가 내 곁에 있어준 다는 것, 힘겨운 세상을 이겨낼 수 있는 가장 큰 힘이 되는 것은 그 누군 가가 나를 따뜻한 시선으로 바라봐 준다는 것이다.

사랑은 크고 거창한 나팔 소리와 함께 오는 것이 아니다. 힘든 사람에게 내미는 따스한 손길로 다가온다. 아픈 사람의 상처를 감싸안아 주는 부드러운 입김으로 온다.

'나는 가진 것이 많지 않기 때문에……' 라며 사랑을 나누는 것에 인색한 사람들은 다시 한번 자신을 되돌아보기를.

자신에게 진정으로 부족한 것은 물질이 아니라 사랑을 나누어줄 그 마음이 아닌지를…….

당신이 죽어 하늘에 가면 신은 "너는 왜 이런 저런 병의 치료법을 개발하지 못했느냐?
왜 너는 구세주가 되지 못했느냐?"라고 묻지 않을 것이다.
그 고귀한 순간에 우리가 받을 질문은 단 한 가지.
"왜 너는 너 자신이 되지 못했느냐?"일 것이다.

　　　— 엘리 위절

자신이 된다는 것은……

삶에 있어서 그처럼 간결하고 명료한 충고가 어디 있겠는가? 스스로에게 자기 자신이 되겠다고 약속해라. 그리고 다른 약속은 다 어긴다 하더라도 그 약속만은 꼭 지켜라.

오늘 웨인 다이어의 이 짧은 명구를 가슴속에 새겨두길.

"살며……, 당신 자신이 되며……, 즐기며……, 사랑하며……"

청춘에 돌이킬 수 없는 것은 절대로 없다.
청춘의 실패란 실패가 두려워 도전하지 않는 것이다.

— 이케다 다이사쿠

시간이 흐르고, 나이를 먹을수록 '청춘' 이라는 단어의 위대함을 실감하게 된다. 모든 것이 가능한 시절, 세상 어떤 어려움과도 당당히 맞설 수 있는 시절, 맨몸 하나뿐인 것처럼 느껴지지만 꿈과 희망이라는 무엇보다도 귀한 보석을 가지고 있는 시절, 그래서 더 눈부시기만 한 시절.

청춘…….

하늘이 저토록 푸른 것은 아직 세상엔 당신이 해야 할 일이 너무 많기 때문이다. 가진 것은 단지 두 주먹뿐일지라도 과감하게 헤쳐나가라. 청춘의 가장 큰 실패는 실패를 두려워해 아무것도 시도하지 않는 일이다. 도전하지 않으면 아무것도 얻을 수 없다.

그 도전에서 당신은 반드시 무엇인가를 얻게 된다. 당신은 그 도전에서 성공이라는 큰 상을 얻게 될 것이다. 만일 그 도전이 실패로 돌아간다면 당신은 값진 삶의 교훈을 배우게 될 것이다.

지식에서 행복을 구하려 했으나 거기에 행복은 없었네.
여행에서 행복을 맛보려 했으나 거기에 행복은 없었네.
재물에서 행복을 찾으려 했으나 거기에는 오직 갈등과 걱정만 있었네.
그러던 어느 날 한 여인이 잠든 아기를 팔에 안은 채
조그만 승용차에서 누군가를 기다리고 있는 모습을 보았네.
얼마 후 막 도착한 기차에서 내린 한 남자가 그녀에게 다가가더니 키스를 했네.
그리고 아기에게 부드럽게 입을 맞추었네.
잠시 후 그 단란한 가족은 차를 몰고 떠났네.
나는 그때야 느낄 수 있었네. 행복이 무엇인지를…….

 — 윌 듀란트

진정한 행복이란 무엇일까?

많은 사람들이 행복이라고 말하는 가치의 기준은 저마다 다르다.
하지만 세상 모든 사람들이 이야기하는 행복에서
절대 빠지지 않는 한 가지 공통된 것이 있다.
그것은 '가정'이라는 행복이다.
가정의 행복은 넓은 평수의 아파트가 아니라
가족이 서로의 하루를 이야기할 수 있는 조그만 공간에 있다.

모든 식구가 탈 수 있는 크고 좋은 자동차가 아니라
가족이 함께 웃으며 공원을 거닐 수 있는 발걸음에 있다.
비난보다는 격려가, 책망보다는 사랑이 넘치는 곳.
조그만 기쁨도 함께 나누면 더 큰 기쁨이 되는 곳.
세상 모든 행복의 씨앗은 바로 '가정'에서 시작된다.

마지막 남은 그 나무가 죽어버린 후에야
마지막 남은 그 강이 오염된 후에야
마지막 남은 그 물고기가 잡힌 후에야
사람들은 깨닫게 될 것이다.
우리가 돈을 먹고는 살 수 없다는 사실을…….

— 인디언 속담

이 세상에는 결코 되돌릴 수 없는 다섯 가지가 있다.

지나가 버린 시간, 쏘아버린 화살, 내뱉은 말, 놓쳐버린 기회,

그리고 잃어버린 자연의 아름다움.

우리는 잃고 난 후에야 비로소 알게 된다.

세상에는 돈보다도 더 소중한 것들이 많다는 것을…….

인생 길 따라 얼마나 많은 친구들이 나를 일으켜주었는가?
그들의 한 조각 한 조각이 모여 온전한 나를 이루었노라.

— 쥬느 매스터스 베이커

인생의 계산기를 가지고 살아가는 사람이 있다.

더없이 소중한 친구라고 이야기하면서, 세상에 둘도 없는 우정이라 이야기하면서 준 것과 받은 것을 철저히 계산하며 살아가는 사람이 있다. 그런데 그들의 계산법은 참 특이하다. 상대방이 준 큰 선물은 금방 잊어버리는 반면에 상대방이 준 작은 상처는 끝까지 잊어버리지 않는 것이 그들의 계산법이다.

그들에게 지속적인 감동, 끊임없는 우정 같은 것은 없다. 우정이라는 것은 언제든지 이해관계에 따라 깰 수 있는 것이 그들의 계산법이다.

그렇게 시간이 흘러 어느 날 문득 그들은 느끼게 된다. 이제 자신의 곁에는 자신의 슬픔을 함께 나누어줄 누군가가 더 이상 남아 있지 않음을. 자신의 인생을 헛되이 보낸 아쉬움의 눈물을 흘리면서……

사람들은 대형 승용차가 필요한 것이 아니다. 존중이 필요하다. 옷이 가득한 옷장이 필요한 것이 아니라, 자신이 멋진 사람이라는 느낌이 필요하고, 흥미와 변화와 아름다움이 필요하다.

사람들은 전자 장비가 필요한 것이 아니라, 그들의 인생을 걸고 할 만한 가치 있는 어떤 것이 필요하다. 정체성, 일체감, 공동체, 인정, 사랑, 즐거움이 필요하다.

― 존 더 그라프

아기를 보는 보모는 아기를 얼마나 잘 달래느냐에 따라 보모의 능력이 판가름된다. 즉 뛰어난 보모는 아기가 원하는 것이 무엇인지 바로 알아내는 사람인 것이다.

아기들의 요구는 딱 세 가지뿐이라고 한다. '배고픔을 해결해 줄 우유', '자신의 곁에 누군가가 있다는 것을 느낄 수 있는 포근함', '사랑받고 싶은 욕구'가 그것이다.

이것은 아기들에게만 필요한 것이 아니라 세상을 살아가는 모든 사람들에게 필요한 것들이 아닐까?

넓은 침대가 필요한 것이 아니라 편안한 휴식이 필요하고, 가장 높은 자리가 필요한 것이 아니라 가족이라는 울타리가 필요하고, 수많은 사람들의 시선이 필요한 것이 아니라 다른 사람의 진심 어린 인정이 필요한 것이 아닐까?

사람에게 진정으로 필요한 것은 크고 거창한 것이 아니다. 그것은, 작지만 그 안에 따스한 체온이 담긴 것이다.

나타나지 말아야 할 곳에선 모습을 드러내지 마세요. 나서지 말아야 할 곳에선 자리를 벗어나지 마세요. 지켜야 할 비밀은 반드시 지키세요. 때때로 자신을 일깨우세요. 스스로를 경계하세요. 자신이 무엇을 하며 세상을 사는지 잊지 말아야 합니다. 자신의 위치를 정확히 파악하세요. 그리고 맡은 책임을 완수하십시오. 자신을 정확히 아는 것이 중요하죠. 자리를 벗어나지 말고 분수를 지키십시오.

— 쭈앙은유웨

너무나 단순한 말같지만 이것만 잘 지키며 살아간다고 해도 그 사람의 인생은 참으로 성공한 인생일 것이다. 누가 이런 것을 모르겠냐고 이야기하는 사람도 있겠지만 아는 것과 실천하는 것은 전혀 다른 일이다.

예전에 많은 사람들의 사랑을 받았던 「내가 정말 알아야 할 모든 것은 유치원에서 배웠다」라는 책이 있다. 그래 그랬다. 우리가 알아야 할 모든 것, 우리가 살아가야 할 모든 것은 적어도 초등학교 교과서 안에 다 나와 있다. 하지만 삶이란 것 자체가 그런 것 아닌가? 다섯 살 아이도 모두 알고 있지만 일흔 살 노인도 실천하고 있지 못한 그런 것……

사람은 눈앞에 보이는 것만 바라보고 살아가는 것이 아니다. 좀 더 먼 곳을 바라보며 미래 속에 잠긴 꿈을 바라보며 살아간다. 우리는 현재보다 좀 더 아름다운 것을 바라고 좀 더 보람 있는 것을 바란다. 먼지 낀 현실에 살면서 먼지 없는 삶을 향해 걸어가고 있다. 만일 우리에게 맑고 고운 꿈이 없다면 무엇으로 때 묻은 이 현실을 씻어내면서 살아갈 것인가.

아름다운 꿈을 가져라. 그리하면 때 묻은 오늘의 현실이 순화되고 정화될 수 있다. 먼 꿈을 바라보며 하루하루 그 마음에 끼는 때를 씻어나가는 것이 곧 생활이다. 아니, 그것이 생활을 헤치고 나가는 힘이다. 이것이야말로 나의 싸움이며 기쁨이다.

— 릴케

꿈을 가진 사람의 인생처럼 아름다운 인생은 없다. 자신이 원하는 꿈을 품고 인생의 길을 달려가는 사람들은 세상 곳곳에 숨어 있는 아름다움과 즐거움을 발견하게 된다.

그들은 알게 될 것이다. 세상 곳곳에는 수많은 보석들이 숨어 있다는 것을. 인생이란 그 수많은 보석들을 찾아가는 숨은 그림 찾기 여행이라는 것을.

─ 마를렌 디트리히

나는 친구로부터 듣게 되는 '그냥' 이라는 말을

무척 좋아한다. 바쁜 일상 속에서 받게 되는 전화.

짧은 안부 인사 뒤에 무슨 일이냐 물으면

"그냥, 잘 지내나 싶어서……"라는 그 말은 내게 큰 감동을 준다.

'그냥' 이라는 말속에는 뜨거운 체온이 흐르고 있기 때문이다.

'그냥' 이라는 말속에는 어떤 사심이나 이기심이

깃들어 있지 않기 때문이다. 목적과 이유가 뚜렷한 세상일과는 달리

사랑과 우정이라는 징검다리는 아무런 목적 없이, 아무런 이유 없이,

아무런 사심 없이 건너야 하는 다리인 것이다.

'그냥' 걸었다는 친구의 전화를 받고 나면

나는 전화 내용 따위는 전혀 생각나지 않는다.

'그냥' 이라는 그 한 마디 안에서 나에 대한

그 친구의 마음을 모두 읽었기 때문이다.

당신은 어떤 특별한 일 없이, 무슨 약속 없이,

꼭 알려야 할 소식 없이

'그냥' 친구에게 전화를 건 적이 있었는가?

나도 오늘 잠시 잊고 있던 친구들에게

전화를 걸어야겠다. 그냥 걸었다는 말과 함께.

1위 : 세상 모든 사람이 다 나를 버릴 때 그때 찾아와 주는 사람이 친구다.

2위 : 너무 괴로워서 아무 말도 하지 못하고 침묵할 때 그 말없는 말을 이해해 주는
　　　사람, 그런 사람이 친구다.

3위 : 내가 기쁜 마음을 가지고 만나면 기쁜 마음이 배가 되고 더해지며,
　　　내가 고통스러울 때 만나면 고통이 반으로 줄어드는 그런 사람이 바로 친구다.

― 영국의 한 신문사에서 공모한 친구에 대한 정의

생텍쥐페리는 좋은 친구는 그냥 얻어지는 것이
아니라고 했다. 공통된 많은 추억, 함께 겪은 그 많은 괴로운 시간,
그 많은 어긋남, 화해, 마음의 격동, 이런 것들을 함께
나눈 사람에게 우정은 생겨나는 것이라고 했다.
그래, 친구란 기쁨보다 더 많은 슬픔의 시간을 함께 보낸 사람에게
삶이 주는 아주 특별한 선물인 것이다.
그대에게는 지금 그런 친구가 있는가? 새벽 3시에 전화해
'네가 필요해' 라고 말하면 한달음에 뛰어나오는 친구가.
내 인생에서 가장 어렵고 힘겨운 순간이 왔을 때
그에게로 가 눈물을 펑펑 흘리며 목놓아 울 수 있는 친구,
그런 내 약한 모습을 보여도 전혀 부끄럽지 않은 친구가 있는가?

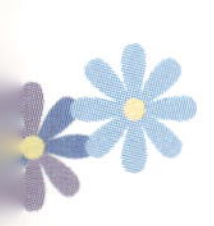

가족－ 다툼의 세계는 이제 끝, 여기서부터는 사랑의 세계.

가족－ 작은 자가 커지고 큰 자가 작아지는 곳.

가족－ 아빠의 왕국, 엄마의 세계, 어린이의 천국.

가족－ 불평은 가장 많이 하면서도 최고의 대접을 받는 곳.

가족－ 우리 애정의 중심이요, 우리 마음의 소원들이 합쳐지는 곳.

가족－ 우리 위장은 삼시 세끼의 식사를 얻지만 우리 가슴은 한없는 양식을 공급받는 곳.

－ 찰스 크로우

가족(Family)이란 단어의 어원을 아는가?

'아버지, 어머니, 나는 당신을 사랑합니다(Father, Mother, I love you)' 의 각 단어의 첫 글자를 합성한 것이다. 아무리 세상이 달라진다 해도 하루 일과를 마치고 집으로 돌아와 가족들과 함께하는 시간이 삶의 온기를 불어넣어준다는 사실은 변함이 없을 것이다.

가족, 듣기만 해도 한겨울 따스한 난롯가에서 익어가는 군밤처럼 푸근한 단어이다.

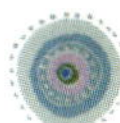

그대의 동산을 떨어지는 잎새로 세지 말고, 새롭게 피어나는 꽃으로 세십시오.

그대의 날들을 구름 낀 날들로 세지 말고, 화창한 가을 하늘로 세십시오.

그대의 밤을 어두운 구석으로 세지 말고, 밤하늘에 빛나는 수많은 별들로 세십시오.

그대의 삶을 흘린 눈물로 세지 말고, 사랑스런 웃음으로 세십시오.

그대의 과거를 힘겨웠던 고생으로 세지 말고, 따뜻한 감사로 세십시오.

그대의 성공을 우연한 요행으로 세지 말고, 쏟아지는 은총으로 세십시오.

그대의 업적을 모아둔 분량으로 세지 말고, 뜻깊은 보람으로 세십시오.

그대의 연륜을 먹어가는 나이로 세지 말고, 우정의 친구들로 세십시오.

그대의 미래를 미지의 불안으로 세지 말고, 다가오는 희망으로 세십시오.

그렇다면 행복은 바로 그대의 것입니다.

― 작자 미상

지금 당신은 세상을 어떤 안경을 끼고 바라보고 있는가?

내일이면 장님이 될 사람처럼 당신의 눈을 사용하라.
다른 감각에 대해서도 마찬가지다. 마치 내일이면 귀머거리가 될 사람처럼
그렇게 새들의 노랫소리를 듣도록 하라.
마치 내일이면 다시는 아무것도 못 만지게 될 사람처럼 모든 것을 만지며
그 촉감을 즐기도록 하라. 마치 내일이면 아무 냄새도 맡지 못하게 될 사람처럼
그렇게 꽃의 향기를 맡고 음식 냄새를 맡도록 하라.

― 헬렌 켈러

TV에서 보는 사건 사고로

갑작스러운 죽음을 맞게 되는 사람들의 소식을 들을 때가 있다.
가끔은 나도 '내 생의 마지막 날은 언제일까?' 생각해 보곤 한다.
그럴 때면 문득 떠오르는 생각 하나.
'오늘 그렇게 죽어간 사람들은 어제, 오늘이면 자신이 죽는다는
사실을 알았을까?' 하는 것이다.
만일 자신에게 남은 삶이 단 하루라면 모든 사람이
정말 삶을 간절하고 애절하게 살아갈 것이다.

나는 그렇게 살아가고 싶다.

내 삶에 남겨진 날은 단 하루뿐이듯.

그 단 하루뿐인 내 삶을 보다 간절하고,

보다 애절하게 그렇게 보내고 싶다.

그런 생각을 하면 나는 뿌듯해진다.

그렇게 살아간 하루하루가 모여 나의 인생이 된다면

내 삶은 얼마나 아름답고 풍요로워질까 하는 생각에…….

3장

길 위에서

나는 이제야 충분히 알 수 있을 것 같다.

인생에 있어 아름답지 않은 시절은 단 한순간도 없다는 것을.

인생에 있어 무엇을 하기에 늦은 때는 단 한순간도 없다는 것을.

모든 인생의 축제의 날은 바로 지금이라는 것을……

인생은 단 한 번뿐이다. 무덤에 들어가면서도 고속도로만큼 긴 '하지 못했던 이유' 목록을 갖고 간다면 그건 결국 당신이 '하지 않았다'는 것을 뜻한다.

— 앤드류 매튜스

대작가 마크 트웨인은 그의 소설 「톰소여의 모험」에서 이런 명구절을 우리에게 선물했다.

"우리가 이 세상을 하직할 때 장의사들조차 아쉬워할 정도로 인생을 열심히 살자."

우리는 우리의 인생 대차대조표에 '하지 못하는 이유', '할 수 없는 이유'를 늘 기록해 두고 살아간다. 하지만 사실 그것은 전부 '할 수 있음에도 불구하고 하지 않았던 일'에 불과하다.

인생을 핑계의 시간으로 보내기에는 우리에게 주어진 시간이 너무 아깝지 않은가. 누구에게나 단 한 번뿐인 인생. 순간순간을 열정적으로 살아가는 것. 그것 외에는 방법이 없다.

나는 모든 위대한 사람들의 하인이고 또한 모든 실패한 사람들의 하인입니다. 위대한 사람들은 사실 내가 위대하게 만들어준 것이지요. 실패한 사람들도 사실 내가 실패하게 만들어버렸구요.

나를 택해 주세요. 나를 길들여 주세요. 엄격하게 대해 주세요. 그러면 세계를 제패하게 해주겠습니다. 나를 너무 쉽게 대하면 당신을 파괴할지도 모릅니다. 내 이름이 무엇이냐구요? 내 이름은 습관입니다.

— 작자 미상

습관은 서커스단의 코끼리와 같은 존재이다.

서커스단에서는 어린 코끼리를 잡아와서

쇠사슬에 묶어둔다. 그 쇠사슬은

어린 코끼리가 끊을 수 없는 것이다.

처음 어린 코끼리는 발버둥질하지만

결코 그 쇠사슬을 풀 수가 없다.

많은 세월이 흘러 어른 코끼리가

되었을 때에도 코끼리는 계속

그곳에 묶여 있을 수밖에 없다.

다 큰 코끼리는 힘으로 충분히 그것을

끊고 탈출할 수 있다. 하지만 이미

'아무리 노력해도 벗어날 수가 없다' 는

생각이 머릿속 깊이 박혀 있기 때문이다.

습관이라는 덫은 이와 같이 무서운 것이다.

그것은 내 삶을 더 이상 성장하지 못하게 만들어버리곤 한다.

우리가 습관에게 주어야 할 것은 냉정함, 엄격함이 아닐까?

"나쁜 습관은 처음에는 방문자이고, 그 다음에는 손님이며,

결국에는 주인이 된다"라는 「탈무드」의 한 구절을 명심하기를……

승리와 패배를 가르는 '1인치'를 찾아 최선을 다하는 것이야말로 승리보다 값지다.

— 영화 'Any Given Sunday' 중

한때 참 어리석은 생각을 한 적이 있었다. ㅆㅆㅆ

한 연예인이 CF를 찍고 많은 돈을 벌었다는 신문 기사를 보고
'고작 20초 정도 나오는 CF를 찍고 그렇게 많은 돈을 번단 말이야!'
라는 생각을 한 적이 있다.

그 당시 나는 겨우 20초 동안 보여지는 모습 뒤에 숨어 있는,
그 자리에 오르기까지 땀 흘린 그 사람의 노력을 모르고 있었던 것이다.
성공한 사람들의 인생 방정식에서 절대 빠지지 않는 단어는
'노력'이라는 단어이다. 그런데 그 노력이라는 것을 안 해본 사람은
없다. 모든 사람은 보다 나은 인생을 위해 노력하며 살아가고 있다.
하지만 성공한 사람이 있는 반면 실패한 사람이 있다.
나는 그 차이가 바로 '하나 더', '1인치'의 차이라고 생각한다.
성공한 사람은 다른 사람보다 조금 더 노력한다.
보통 사람들이 '이쯤이면 되겠지' 하고 멈추어설 때
성공한 사람들은 한 걸음 더 나아가는 것이다.
하나 더 노력해 보는 것이다.

당신의 꿈을 믿고 실패를 두려워하지 마라. 오히려 당신이 아무 일도 하지 않고
나중에 신 앞에 섰을 때, 신께서 당신에게 자신감만 조금 더 있었다면
성공할 수 있었노라고 말씀하실 그날을 두려워하라.
실패를 두려워하지 마라. 오히려 시도도 해보지 않고 위험을 감수하길 꺼리다가
결국 아무것도 이루지 못할 그때를 두려워하라.
다칠까 봐 두려워하지 마라. 오히려 아무 아픔 없이 성공하기만을 기다리다
성장하지 못한 그때를 두려워하라.

— 로버트 슐러

용기와 시도는 부적과 같은 것이다.

그것을 몸에 지니고 꿈 앞에 서면 어느새 어려움과 눈앞의 장애물은

사라져버리는 마법의 부적…….

우리는 자신의 꿈을 위해 다가서면서 그 앞에 있는 수많은 장애물과

실패할지 모른다는 두려움 때문에 많이 망설인다.

하지만 우리가 진정으로 두려워해야 할 것은 이것저것 걱정하다

시도조차 못해 보는 나약함이 아닐까?

이제 자신이 꿈꾸는 그곳을 향해 과감하게 한 발 내딛자.

"자신이 꿈꾸는 일에 일생을 걸면 거기서 신을 만나게 된다"는

말을 믿으며…….

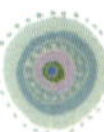

고통을 당할 때는, "괴롭군, 괴로워!"라고 말하지 말아라. 하나님은 인간에게 절대 괴로 운 짐을 지우지 않으신다.
대신 "쓰군, 써!"라고 말하라. 약 중에는 쓴 잡초가 재료로 사용되기도 한다.

― 발 셈 토브

야구 선수로서 1330개의 삼진을 당했다면 그는 사람들로부터 "능력이 부족하군요. 다른 일을 찾으시죠"라는 말을 들을 것이다. 하지만 그는 많은 삼진을 당하면서도 야구를 포기하지 않았다. 아니 그는 가장 위대한 홈런 왕이다. 그는 비록 1330개나 되는 삼진을 당했지만 714개의 홈런을 쳐낸 베이브 루스이다.

지금 당신은 인생의 홈런보다는 더 많은 삼진을 경험하고 있을지 모른다. 하지만 방망이 휘두르는 것을 결코 멈추지 말아라. 어제의 삼진 속에서 당신은 이미 다른 방법을 배웠을 것이다.

이제 알겠는가? 이미 많은 삼진 아웃을 당해 온 당신에게 이제 남은 것은 인생의 멋진 역전 홈런이라는 사실을.

나는 내 지난 실패를 다른 사람과 견주어보기는 해도 그런 경험을 가졌던 과거를 탓하거나 슬퍼하지 않는다. 실패 또한 인생이란 커다란 메뉴 속의 일부이며, 이제껏 나는 이 메뉴의 그 어떤 것도 거르지 않고 모든 코스를 차례대로 밟아온 셈이다.

　— 로잘린드 러셀

　우리는 왜 실패를 실패 그 자체로 인정하지 못하는 것일까? 실패가 주는 교훈이나 새로운 지식은 늘 뒷전으로 하고, 왜 늘 자신을 보잘것없는 존재라고 깎아내리는 데에만 실패를 사용하는 것일까?

　성공이라는 최고급 요리를 처음부터 만들어낼 수 있는 요리사는 결코 존재하지 않는다. 수많은 실패와 시행착오를 겪은 후에야 최고급 요리를 만들어낼 수 있는 것이다. 삶이라고 해서 다를 것은 없다.

　삶의 최고급 요리는 어느 날 갑자기 만들어지는 것이 아니다. 땀과 눈물, 노력과 끝없는 시도, 포기하지 않는 마음 같은 재료들로 수없이 시도해야만 비로소 만들 수 있는 것이다.

그 사람은 달 밑에서 잠을 자고
그 사람은 해 밑에서 불을 쬐고
그 사람은 '할 예정'인 삶을 살고
아무것도 해놓은 것 없이 죽었다네.

— 제임스 알버리

많은 계획을 세운다. 그럴 때면 문득 의아한 생각이 들 때가 있다.
삶에 대한 계획은 전혀 세우지 않으면서 고작 일주일의
여름 휴가 계획엔 너무도 고민하고 있지는 않은지…….
왜 긴긴 삶의 지도 하나조차 마련해 두지 않은지…….
아무 계획 없이 '할 예정'인 삶을 살고 '갈 예정'인 삶을
살아간다면 인생의 마지막 날 남게 되는 것은
허무와 한숨밖에 없으리라.
여행을 떠나기 전에 어디로 가야 할지를
분명히 알고 가는 사람은 다른 사람보다
더 빨리, 더 안전하게 그곳에 도착하는 법이다.
우리의 삶의 여행도 그와 같다.

신념은 명사가 아니라 동사라는 사실을 명심해라. 신념은 실천하면서 얻어지는 것이지 말로써 얻어지는 것이 아니다.

― 주얼 D. 테일러

무엇이 되고 싶다, 어떻게 살고 싶다는 꿈을 가지고 있지 않은 사람은 없다. 하지만 어떤 사람은 그 꿈을 이루고 어떤 사람은 그 꿈을 이루지 못한다.

그것은 행동과 실천의 차이에 있다. 신념과 꿈은 구체적인 행동으로 표현되어야 하는 것이지, 공상 속에서 이루어지는 것이 아니다. 그것이 바로 누구나 보다 나은 미래를 꿈꾸지만 누구나 보다 나은 미래를 맞이할 수 없는 단 하나의 이유인 것이다.

우리가 성취할 수 있었으나 성취하지 못한 것, 우리가 낭비해 버린 재능,
우리가 할 수 있었으나 하지 않은 모든 일들을 우리가 분명히 볼 수 있도록
신이 허락하는 날 지옥이 시작된다. 내게 있어 지옥은 너무 늦었다는
두 마디 말 속에 들어 있다.

— 지안 카를로 메노티

가장 눈부신 젊음을 지니고 있던

10대 시절에 나는 빨리 어른이 되고 싶었다.

내 스스로 삶을 개척해 나가고 싶었던 욕망이 있었기 때문에

어른이 된 나의 모습을 상상해 보며

빨리 가지 않는 시간을 탓하곤 했다.

청춘의 꽃봉오리 시절이었던 20대에 나는 걱정 투성이었다.

안정된 직장을 가지고 싶었고, 집을 사고, 결혼을 해야 한다는

부담감이 그 시절을 억누르고 있었다.

그것들만 해결된다면 나는 세상의 모든 것을 가진 듯

행복할 수 있을 것이라 믿었다.

30대가 된 지금, 나는 10대, 20대 때 가지고 싶어했던 것을

다 가지게 되었지만 오히려 역설적이게도

그 시절이 간절하게 그립다. 나는 모르고 있었던 것이다.

어느 시절이든 아름답지 않은 시절은 없다는 것을,

삶 전체가 모두 아름답다는 것을…….

영원히 나이를 먹지 않을 것만 같았던 그 시절은 이미 가버렸다.

그리고 내게는 오지 않을 것이라고 생각했던 그 시절에 나는 서 있다.

30대가 된 지금, 그 시절과 가장 많이 달라진 점이 하나 있다.

이제는 그 시절과는 달리 무슨 일을 시작할 때는 '너무 늦지 않았나?'

라고 생각한다는 점이다.

하지만 곰곰이 생각해 보면 인생에서 '너무 늦었다' 라고

말할 수 있는 시절은 없는 것 같다.

오늘 내가 '너무 늦지 않았을까?' 라고 생각하는 일이

또 세월이 흘러 지금을 되돌아본다면

'그때는 충분히 해낼 수 있었는데……' 라고

생각하게 될 것이기 때문이다.

나는 이제야 충분히 알 수 있을 것 같다.

인생에 있어 아름답지 않은 시절은 단 한순간도 없다는 것을.

인생에 있어 무엇을 하기에 늦은 때는 단 한순간도 없다는 것을.

모든 인생의 축제의 날은 바로 지금이라는 것을…….

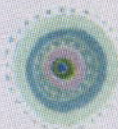

오늘의 좋은 아이디어가 내일의 더 좋은 아이디어보다 낫다.
지금 당장 시작하라. 신문의 '부도난 회사의 명단' 에는 때를 기다리면서
계획만 세우던 회사들로 가득차 있다.

ㅡ 해리 백워드

당신의 삶이 언제까지일까를 걱정하지 말고,

지금 당장 시작하지 않음을 걱정하라.

계획보다 더 중요한 것은 실천이다.

아무리 거창한 계획이라도 따져보고, 재보다가 결국 실행하지 못하면

그것은 아무 쓸모없는 폐 건전지 같은 것에 불과하다.

한 발 앞으로 내딛어라. 그리고 과감히 뛰어들어라.

실천에는 깜짝 놀랄 만한 성공의 비법이 숨어 있으니……

사람들은 세상에서 가장 힘든 일이 무엇이냐는 질문을 받으면
울퉁불퉁한 근육 만들기, 아슬아슬한 곡예, 전쟁터나 경기에서 꼭 해내야 하는
갖가지 일들을 떠올릴지 모른다. 그러나 사실 "내가 잘못했어"라고
말하는 것 이상으로 어려운 일은 없을 것이다.

— 글렌 밴 에커렌

살아가면서 제일 하기 힘든 일이!

상대방에게 진심 어린 마음으로 "미안하다"고 사과하는
일이라는 것을 뼈저리게 실감하고 있다.
그리고 우리가 사용하는 데 참 인색한 말이 "고맙다"는
감사의 말이다. 하지만 이 두 단어가 가진
인생의 마법은 참으로 대단한 것이다.
잊지 마라. 사람의 마음의 문에는 꼭 들어맞는
두 개의 열쇠가 있다는 사실을. 마음먹기에 따라 언제든지
만들어질 수 있는 이 두 개의 멋진 열쇠의 이름은 바로
"미안합니다"와 "고맙습니다"라는 사실을…….

우리는 연극 배우들을 좋아합니다. 우리도 삶의 배우입니다. 눈에 보이지 않는 신성한 의지는 우리와 상의도 없이 우리에게 인생의 어떤 역을 맡겼습니다. 어떤 사람들은 단막극에 출연하고, 어떤 사람들은 장막극에 출연합니다. 가난한 사람 역을 맡을 수도 있고, 절름발이 역을 맡을 수도 있고, 저명 인사나 지도자 역을 맡을 수도 있고, 평범한 시민 역을 맡을 수도 있습니다.

우리가 어떤 역을 맡느냐 하는 것은 우리가 정할 수 없습니다. 우리가 할 일은 우리에게 맡겨진 역을 최선을 다해 연기하고 불평하지 않는 것입니다. 어떤 상태에 놓여 있든 흠잡을 것 없는 연기를 하십시오.

당신은 독자입니까? 그럼 읽으십시오. 작가입니까? 그럼 쓰십시오.

— 에픽테토스

인생은 한 편의 연극이다. 자신이 공연하는 연극은 희극일 수도 있고 비극일 수도 있다. 연극 속에서 자신은 주연일 수도 있고, 엑스트라일 수도 있다. 희극이든 비극이든, 주연이든 엑스트라이든 우리가 연극에 출연하는 것은 선택 사항이 아니라 의무 사항이다.

주사위는 던져졌다. 인생이라는 연극에 출연할 것이냐, 말 것이냐 하는 것은 이미 우리의 선택이 아니므로……. 그렇다면 남은 방법은 오직 하나. 무대에서 쓰러지는 한이 있더라도 혼신의 힘을 다해 연기하는 것이다.

인생은 자신이 가지고 있는 모든 힘을 발휘할 것을 요구한다. 당신이 선택할 수 있는 길은 오직 한 가지뿐이다. 그것은 도망치지 않는 것이다.

— 다그 하마슐드

삶은 아직 채 다 뜯지 못한 상자다. 그 안에는 불행도 있고, 고통도 있고, 눈물도 있다. 하지만 우리는 그 상자를 뜯지 않으면 안 된다. 삶은 우리에게 그 상자 안에서 불행도, 고통도, 눈물도 다 꺼내가라고 말한다. 참 많은 사람들이 머뭇거리며 망설이게 된다. 상자를 다 뜯지 않고 도망가는 사람까지 있다. 하지만 그들에게 삶은 결코 좋은 것을 주지 않는다.

삶은 그 상자의 제일 밑바닥에는 항상 기쁨과 즐거움, 희망이라는 소중한 것들을 숨겨두기 때문이다. 삶이라는 상자에서 위에 있는 불행, 눈물, 고통을 다 꺼낸 사람만이 결국엔 기쁨, 즐거움, 희망이라는 삶이 주는 소중한 선물을 받게 되는 셈인 것이다.

삶을 피하려 하지 말아라. 삶에 도전장을 던져라.

진보 속에는 항상 위험이 도사리고 있다.
1루에 발을 디딘 채로 있으면서 2루로 도루할 수 없다.

— 프레데릭 윌콕스

삶은 엘리베이터를 타고 올라가는 길이 아니라 계단을 밟고 오르는 길이다. 버튼만 누르면 아무 노력 없이 자동으로 높이 올라갈 수 있는 엘리베이터 같은 길이 아닌 것이다. 땀을 뻘뻘 흘리며 온몸을 움직여야 높이 올라갈 수 있는 계단이 삶이라는 길이다.

삶이라는 계단을 올라갈 때는 두 손을 호주머니에 넣고는 절대로 올라갈 수가 없다. 좀 더 나은 삶을 위한다면, 좀 더 밝은 미래를 위한다면 아무런 위험이나 아무런 노력 없이 그것을 이룰 수는 없는 것이다.

높이 올라가기 위해서는 떨어질 위험을 감수해야 하고, 앞으로 나아가기 위해서는 넘어질 위험을 감수해야 한다. 하지만 삶은 그 위험을 무릅쓰고 시도하는 사람에게만 놀라운 선물을 준다. 그렇지 못한 사람에게는 늘 똑같은 일상, 똑같은 현실만이 존재할 뿐이다.

항상 기억할 것. 인생에서 어떤 것을 얻기 위해서는 먼저 무언가를 인생에 투자해야 한다는 사실을…….

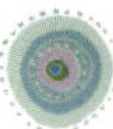

"아저씨는 저렇게 긴 골목길을 매일 아침 어떻게 청소하세요?"

모모는 청소부 '베포' 아저씨께 물었다.

"나는 결코 길을 끝까지 쳐다보지 않지. 다만 한 걸음 옮기고, 한 번 비질하고, 한숨 쉬고……. 그러면 그렇게 길게 느껴지던 길이 깨끗이 청소되어 있지."

— 미하일 엔더

먼 훗날의 어떤 거창한 성취에 목소리를 높이지 말 것. 그저 한 걸음, 한 걸음에 자신의 온 영혼을 쏟아부을 것. 그러는 사이 삶은 시나브로 찾아와 나에게 관심을 보이며 나지막이 속삭일 것이다.

"너무 큰 걸음으로 걸으려 하지 마. 한꺼번에 모든 것을 이루려 하는 것은 어리석은 일이야. 느리고 더디더라도 자신에게 주어진 일을 하나씩 해나가렴. 그러다 어느 날 네가 고개를 들어보면 넌 이미 네가 원하던 그곳에 도착해 있을 거야"라고…….

나는 젊었을 때에 정치에 뜻을 세우고 여러 가지 힘겨운 일과 시련을 많이 겪었으며 실패도 많이 했다. 하지만 굴복하지 않고 걸어온 덕택에, 겨우 이렇게 대통령이 될 수 있었던 것이다. 누군가 나에게 성공의 비결이 무엇이냐고 물으면 나는 이렇게 대답할 것이다.

"나의 생애는 일곱 번 쓰러지고, 여덟 번 일어났다"라고.

— 데오도어 루스벨트

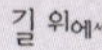

역대 세계 최고의 프로 골퍼로 칭송받는
아널드 파머의 프로 첫 우승컵에는 이런 글이 써 있다.
"만약 당신이 패배했다고 생각하면
패배한 것이다. 그러나 패배하지 않았다고
생각하면 패배하지 않은 것이다.
이 삶의 전쟁터에서 아무리 강한
사람이라도 항상 승리를 하지는 못한다.
그러므로 진정한 승자란 자기가
할 수 있다고 생각하는 사람이다."
패배해도 다시 일어서는, 실패해도
다시 일어서는 오뚝이 인생은
얼마나 멋진 인생인가? 돌부리에 걸려
넘어져도 그것으로 자신의 인생도 끝인 양
주저앉아 버리는 앉은뱅이 인생은 얼마나
어리석은 인생인가?
자신의 인생에 있어 일곱 번의 실패를 했을 때 주저앉으면
그것처럼 안타까운 인생은 없다. 신은 대부분의 경우에
여덟 번의 시도에 눈부신 보물 상자를 숨겨놓았기 때문이다.

내 삶에서 가장 행복한 날은 언제입니까?…… 오늘입니다.
내 삶에서 가장 절정의 날은 언제입니까?…… 오늘입니다.
내 삶에서 가장 소중한 날은 언제입니까?…… 오늘입니다.
과거는 지나간 오늘이고, 미래는 다가올 오늘이기 때문입니다.

― 설두중현

이렇게 상상해 보라. 내가 죽는 날이 바로 내일이라고…….
나에게 남겨진 시간이 단지 오늘 하루뿐이라면 당신은 어떻게
살아갈 것인가?
질투, 교만, 게으름, 포기, 실망, 집착, 체념……. 이런 것들은
당신에게 남은 아까운 시간들을 위해서는 사용되지 않을 것이다.
단 하루라는 시간에 자신의 전부를 걸며 최선을 다해 살아가게 될
것이다. 내일 내가 죽는다는 상상과 우리의 현실은 다를 것이 없다.
우리의 삶이란 것은 언제, 어느 시간에 「여기까지!」 하고 신의 부름을
받을지 알 수 없는 일이다. 언제, 어느 시간에 우리에게
그런 시간이 올지 모른다. 그런 것이 우리의 삶인데
어찌 하루하루를 가볍게 살 수 있겠는가?
어찌 하루하루를 대충 살아갈 수 있겠는가?
인생에서 정답은 단 하나뿐이다.
내 인생에서 가장 절정이며, 가장 소중한 날인
오늘을 열심히 사는 것뿐이다.

싸움에서 이기지 못했는가? 웃어버려라.

권리를 무시당했는가? 웃어버려라.

사소한 비극에 사로잡히지 말아라. 총으로 나비를 잡지 말아라. 웃어버려라.

일이 잘 완수될 수 없었는가? 웃어버려라.

궁지에 몰려 있다고 생각하는가? 웃어버려라.

당신에게 무슨 일이 있든지 간에 웃음과 같은 처방은 없다.

웃어버려라.

― 헨리 루더포드 엘리엇

어떠한 불치병이든 다 고치는 의사의 처방 중에서도 이것처럼 즉시 병을 고치는 처방은 없다. 이것은 마음이 굳게 닫혀 있는 사람에게 마음의 빗장을 열어주는 가장 확실한 열쇠이다.

모든 사람이 다 가지고 있지만 모든 사람이 다 사용하지는 못하고 있는 이것. 바로 '웃음' 이다. 웃음은 기분이 좋을 때만 웃는 것이 아니다. 기분이 나쁠 때, 화가 날 때, 누군가가 나를 실망시킬 때, 삶이 힘들게 느껴질 때 오히려 웃어보아라. 그 순간 당신의 인생 전체가 스마일 인생이 될 것이다.

가장 '어려운 승리'란 무엇인가?

그것은 '자신에게 승리하는 것' 이외에는 없다.

'어제의 나'보다 '오늘의 나', '오늘의 나'보다 '내일의 나'를 보아라.

천재, 수재라고 해도 모든 것은 '노력'의 결과이다.

— 이케다 다이사쿠

그런 삶을 살 수 있다면 얼마나 좋을까.

하루를 끝내고 자리에 누워 천장을 보며 '그래도 오늘 하루, 열심히 달려왔는걸' 하며 안도의 한숨을 쉴 수 있다면, 일주일이 끝난 후 한 주를 헛되이 보내지 않은 나의 머리를 스스로 쓰다듬으며 피식 웃을 수 있다면, 한 달을 보낸 후 나를 괴롭히고 힘들게 했던 지나버린 것들에 대해 화해의 악수를 건네는 내가 될 수 있다면……. 그리하여 한 해가 끝나갈 때쯤, 지난해의 나보다 조금은 더 나아진 내가 될 수 있다면 얼마나 좋을까? 그렇게 살아갈 수만 있다면 얼마나 좋을까?

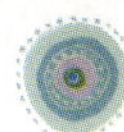

우리는 왜 항상 우리가 가질 수 없는 것을 원하는가? 왜 우리는 구하기만 하면 얻을 수 있는 것들, 가령 시골의 아름다운 정경, 꽃들의 색깔, 신비스러운 눈송이, 우리 위의 하늘을 지나는 사랑스러운 구름, 고요한 밤에 반짝이는 별들의 광채 등을 즐기려 하지 않는가? 우리는 왜 우리가 가진 이 풍요로움에 만족하지 못하는가?

— 솔라 포스트

행복과 불행은 종이 한 장 차이이다. 놀라운 일은 이 종이 한 장에 세상은 천국이 되기도 하고 불행이 되기도 한다. 그리고 더 놀라운 일은 어떤 사람은 이 종이 한 장을 너무도 가볍게 드는 반면에, 또 어떤 사람은 세상을 드는 것보다 더 무겁게 느낀다는 점이다.

우리가 우리 자신의 내부에 있는 '집'을 찾으려고 시간을 내지 않는 한,

어떤 사람이나 사물도 우리를 채울 수 없다.

우리가 내부의 세계를 접할 수 있기 위해서는 최소한 두 가지가 필요하다.

첫째는 혼자만의 시간을 갖는 일이다. 사람을 떠나는 일,

일부러 고독 속으로 들어가는 것이다.

둘째는 일체의 번잡한 행위를 멈추는 일.

혼자 있으면서도 괜히 분주한 사람이 많다. 허드렛일, 근심, 잡념…….

심지어 음악 듣는 것까지 끊는 것이다. 잠시 고독 속에 그냥 잠겨보는 것이다.

가끔이면 좋겠고, 자주면 더 좋을 것이고,

매일 정해진 시간이면 가장 좋을 것이다.

아침, 저녁, 혹은 직장에서 짬짬이…….

― 어네스트 ㄴ 탠

우리가 살고 있는 세상은 '속도'의 시대이다.

빨리 일을 해야 하고, 빨리 사람을 만나야 하고,

빨리 출세해야 하는 속도를 중요하게 여기는 시대인 것이다.

하지만 우리는 그렇게 빨리 달려가면서

많은 것들을 잃어버리기 시작했다.

인디언들은 말을 타고 끝없는 대지를 빨리 달려가다가
가끔씩 말을 세우고 멈춰 서서 뒤를 돌아본다고 한다.
그 이유는 몸이 빨리 달려가는 만큼
자신의 영혼도 잘 따라오고 있는지 살펴보기 위해서라고 한다.
가끔은 뒤돌아볼 것. 자신의 영혼은 지금 어디에 있는지를,
바쁘게 달려만 가느라 자신의 영혼을 잃어버린 것은 아닌지를……

너는 언젠가는 가장 많은 실적을 올릴 것이라고 장담하던 바로 그 사람 아닌가? 그러나 너는 단지 네가 가진 지식과 원대한 포부만을 자랑해 왔다. 한 해가 흘러갔는데 무슨 변화를 가져왔는가? 시간, 새해, 새로운 열두 달이 너의 명령을 기다리고 있는데 너는 과거처럼 또 많은 시간을, 기회를, 헛되이 보내버리고 말겠는가?

우리는 너의 이름을 성공자 명단에서 찾을 수 없었다. 왜 그럴까? 그 이유를 설명해 보아라. 그 이유는 기회가 부족한 것이 아니라 단지 행동이 부족했었음을 알아라.

— 허버트 카프만

기회란 무엇일까? 우리가 피하려고 해도, 마주치지 않으려고 해도, 기회는 반드시 우리에게 찾아온다. 우리는 그 기회를 한번에 알아보지 못하고 놓쳐버리곤 한다. 하지만 기회는 단 한 번으로 그치는 것이 아니라 몇 번은 찾아온다. 어느 순간엔 우리들도 '아, 이것이 기회구나' 하고 알게 된다. 하지만 그때도 어떤 사람들은 기회를 놓치고 만다. 그 이유는 이제 그것이 기회란 것을 알고 있지만 손을 뻗어 그 기회를 잡기 위해 움직이는 것조차 귀찮아했기 때문이다.

누구도 자신에게 찾아온 기회를 잡지 않고 싶은 사람은 없는 법이다. 하지만 생각과 공상만으로는 기회를 잡을 수는 없는 법이다. 인생의 정답이 틀려도 말보다는 행동이다.

사람은 놀기 위해서가 아니라 일하기 위해서 이 세상에 태어난 것이다. 단순하게 생각하고 느끼고 꿈꾸기 위해서 이 세상에 태어난 것은 아니다.

모든 사람들은 능력에 따라 자신이 하고 싶은 일을 할 때에 가장 빛나는 것이다. 일만 하고 휴식을 모르는 사람은 브레이크 없는 자동차처럼 위험한 사람이다. 그러나 쉴 줄만 알고 일할 줄 모르는 사람은 엔진 없는 자동차처럼 쓸모없는 사람이다.

— 헨리 포드

쉼 없이 달려가기만 하는 사람아!

너무 빨리 달리기만 하면 기나긴 인생이라는 마라톤 코스를 완주할 수 없어!

달력에만 일요일이 필요한 것이 아니야!

늘 바쁘게만 살아가는 우리에게 진정으로 필요한 것은 마음의 일요일인 거야!

인간의 지능과 정신은 우리가 알고 있는 가장 놀라운 창조물에 속한다. 하지만 우리는 자신의 재능이나 힘의 지극히 일부만을 사용하고 있다. 이는 마치 우리 모두에게 태어나면서부터 제트기가 한 대씩 주어지는 것과 같다.

그 제트기는 하늘을 날 수 있지만 그 모습을 볼 수 없는 우리는 자신이 무엇을 가지고 있는지도 모른 채 아침마다 비행기 날개를 번쩍거리게 광을 내거나 엔진을 가동시켜 성능을 점검한 후 격납고에 보관하는 것과 같다.

— 로버트 쿠퍼

늘 남을 부러운 시선으로 바라보지만 정작 자신 안에 들어 있는 보석은 그것이 보석인지도 모른 채 살아가는 사람들이 있다. 그러면서도 그들은 모르고 있다. 자신이 얼마나 엄청난 낭비를 하고 있는지를.

자신 안에 잠재된 재능을 방치해 두는 것. 살아가면서 그것 이상으로 심한 낭비가 어디 있겠는가?

당신 안에 잠들어 있는 거인을 흔들어 깨워라. 그리고 그에게 강력하게 요구하라. 그 거인이 언제까지나 깊은 잠만 자도록 내버려두는 것은 당신이 범하는 인생의 직무 유기인 것이다.

세상에서 황금을 찾으려 하지 말고 자신 안에 있는 천연자원을 잘 이용하는 당신이 되기를……

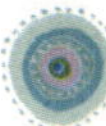

당신과 내 가슴 한복판에는 무선 전화국이 있다. 그 무선 전화국이 인간과 신에게 오는 아름다움, 희망, 환호, 용기, 그리고 힘의 메시지를 수신하는 동안은 당신은 젊은 것이다. 안테나가 내려지고 당신의 정신이 냉소의 눈(雪)과 비관의 얼음으로 덮이면, 당신은 나이가 20살이라도 늙은 것이며, 안테나가 올라가 있고 그 안테나를 통해 낙관의 전파를 수신한다면, 당신은 80살이라도 젊은 채로 죽을 수 있는 것이다.

― 새뮤얼 울먼

행동이 먼저인 사람은 젊은이이고, 핑계가 먼저인 사람은 노인이다. 자기 자신을 진정으로 아끼고 사랑하는 사람은 젊은이이고, '할 수 있을까?', '될 수 있을까?'라고 생각하며 늘 자신의 능력을 의심하는 사람은 노인이다.

마음이 늘 희망으로 가득차 있고 새로운 시도를 두려워하지 않는 사람은 젊은이이고, 출발을 두려워해 시도조차 해보지 않는 사람은 노인이다.

당신의 젊음을 살아온 햇수로 헤아리지 마라. 당신의 피부가 주름살로 뒤덮인다 하더라도 당신의 영혼에 주름살이 없다면 당신은 영원히 젊은이인 것이다.

내 노트의 특징은 첫째, 마음에 드는 사진이나 잡지에서 오려낸 사진이 여기저기에 붙어 있다는 점. 둘째, 어쨌든 '자신을 칭찬하는' 부분이 많다는 점이다.
칭찬할 것이 금방 떠오르지 않으면 무엇이든지 좋으니까 찾아내서 칭찬해라. 내 '비밀'은 바로 '자신을 마구 칭찬하는' 글을 쓰는 것이다.

— 나카야마 요코

일본의 한 마라토너가 우수한 성적으로

마라톤 전 코스를 완주했다. 1등으로 우승한 것은
아니었지만 그는 이렇게 말했다.

"비록 1등을 하지는 못했지만 자신과
의 싸움에서 이겨내며 최선을 다한
나를 칭찬해 주고 싶습니다."

자신을 칭찬하는 것은 삶의 종합
비타민을 먹는 것과 같이 당신의 삶
을 풍부하게 해준다.

하루를 마감할 즈음이면 자신을 한
번 칭찬해 주어라.

"오늘 하루도 최선을 다해 살아왔구나!" 하
며 스스로에게 격려의 말을 건네보라.

자신만의 비밀 노트를 마련해 두고 그 안에 자신을 '자
화자찬' 하는 내용을 기록해 두어라. 자신이 무사히 보낸 하루하루에 감
탄사를 연발해 보아라. 그러는 사이 당신의 인생 각본은 이미 '최고의
걸작품'으로 변해 있을 것이다.

산다는 것, 이것은 숨쉬는 것이 아니다. 그것은 활동하는 것이다. 그것은 우리의 기관들과 감각들과 능력 등 우리들에게 생존해 있다는 의식을 부여하는 우리 인간의 모든 부분을 활용하는 것이다.

가장 많이 산 사람이란 가장 많은 연륜을 헤아리는 사람이라는 뜻이 아니라 가장 많은 삶의 보람을 느낀 사람이라는 뜻이다. 세상에는 백년을 살고도 태어나자마자 죽은 것이나 다름없는 사람이 있다. 가령 젊어서 죽게 되었다 하더라도 그때까지 참되게 살았다면 그때까지는 훌륭한 인생을 산 것이 되었으련만.

― 루소

한 노인에게 누군가 물었다고 한다.

만일 당신이 이 세상에 다시 태어난다면 어떻게 살겠느냐고.

그 노인은 단호하게 이렇게 이야기했다고 한다.

"인생이 딱 한 번인 것처럼."

너무나 잘 알고 있으면서도

우리가 잘 느끼고 있지 못한 사실.

그렇다. 인생은 딱 한 번뿐이다.

하지만 그렇다고 해서 절망할 필요는

없다. 제대로만 산다면

한 번으로도 충분한 것이 인생이니까.

삶을 사는 방식에는 오직 두 가지가 있다.
하나는 모든 것을 기적이라고 믿는 것이고, 다른 하나는 기적은 없다고 믿는 것이다.

— 아인슈타인

'안 된다'라는 불신의 잡초를 심고 있는 사람,
'하면 된다' 라는 신념의 잔디를 심고 있는 사람.
'없는 것' 을 현미경으로 쳐다보며 한숨짓는 사람,
'있는 것' 을 확대경으로 바라보며 만족하는 사람.
타인에게 가시 돋친 말만 하는 소화불량인 사람,
타인에게 미소가 담긴 말을 하는 햇살 같은 사람.
걷고, 말하고, 건강한 신체를 가진 것을 당연한 것으로 여기는 사람,
자신에게 주어진 것들과 세상의 모든 일들을
경이로움으로 받아들이는 사람.

전자와 후자 중 당신은 어느 쪽에 속하는가?

1999년, 닥 리버스가 올랜도 매직에 감독으로 부임했을 때 그는 모든 선수들에게 한 통의 편지를 속달로 보냈다. 그 편지에는 한 줄이 적혀 있었다.
"모든 것을 바칠 준비가 되어 있는가?"

— 작자 미상

무언가 되고자 한다면 간절함이 있어야 한다. 되어도 그만, 안 되어도 그만, 해도 그만, 하지 않아도 그만이라는 생각으로 이룰 수 있는 세상일은 없다.

당신이 무언가 되고자, 무언가 하고자 원한다면 간절하게 원하고, 간절하게 요구하라. 그리고 피와 땀과 눈물, 자신이 가진 이것들을 모두 그것에 쏟아부어라. 세상에서 가장 위대한 힘을 발휘하는 것은 노력과 만난 희망이다.

오늘 거울에 비친 자기 자신에게 한번 질문을 던져보는 것은 어떨까?

"너는 지금 네가 하고 있는 일에 모든 것을 바칠 준비가 되어 있니?"라고……

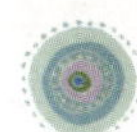

우리는 살면서 일을 하게 됩니다. 그러나 막상 일을 수행하다보면 그 일이 실패할지도 모른다는 생각을 하게 됩니다. 거기서 문제가 시작됩니다. 실패를 생각하는 순간 자신 스스로 실패할 수밖에 없는 이유를 만듭니다. 항상 자신이 성공할 수 있다는 생각을 가지십시오. 그 순간 내 자신은 성공할 수밖에 없는 이유를 만들어내고 있을 겁니다.

— 데이빗 슐츠

불가능이라고 이야기하는 사람은 자신은 그 일을 할 수 없다고 믿는 사람이다. 하지만 정말 그것이 불가능한 것일까? 조금만 바꾸어 생각해 보자. 불가능(Impossible)이라는 단어 안에는 '나는 가능하다(I'm possible)' 라는 단어가 숨어 있다. 똑같은 상황에서도 불가능하다고 생각하는 사람이 있고, 가능하다고 생각하는 사람이 있는 것이다.

불가능하다고 생각하는 사람은 일을 시도해 보기도 전에 자신이 절대 안 되는 이유를 백 가지 이상 생각하는 사람이다. 반면에 가능하다고 생각하는 사람은 가능한 이유 한 가지를 떠올리며 시도하는 사람이다.

당신은 살아가는 동안 모든 일에 '불가능' 이라는 핑계를 만들어가는 사람인가, '나는 가능하다' 는 필연적인 이유를 만들어가는 사람인가?

4장

마음밭의 향기

어린 시절 우리들의 마음 깊은 곳에 숨어 있던

꿈과 열정을 되새겨보는 일이 필요하리라.

그 꿈과 열정은 현실에 때 묻어 지쳐가는 우리의 영혼을 어루만져주리라.

천재의 비밀은 어릴 때의 마음을 나이가 들어서도 간직하는 것인데 어릴 때의 그 마음
이란 절대로 열정을 잃지 않는 것이다.

　　— 프레드 로저스

어린 시절 나는 무엇이든 될 수 있었고 무엇이든 할 수 있
었다. 하지만 하루하루 흘러갈수록 세상 모두를 가질 수 있을 것 같았던
자신감은 서서히 내게서 빠져나가고 있었다. 마치 커다란 풍선에서 느
끼지 못하는 사이에 조금씩 바람이 빠져나가는 것처럼…….

키, 몸무게, 욕심, 책임감 등, 나이가 들어가면서 모든 것이 자꾸만 늘
어만 갔지만 내가 가진 꿈과 열정은 계속해서 줄어들고 있는 것이다.

어린 시절 우리들의 마음 깊은 곳에 숨어 있던 꿈과 열정을 되새겨보
는 일이 필요하리라. 그 꿈과 열정은 현실에 때 묻어 지쳐가는 우리의
영혼을 어루만져주리라.

영어 알파벳 중에서 가장 위대한 철자는 엔(N), 오(O), 더블유(W).
곧 지금(NOW)이다.

― 월터 스콧

삶에서 가장 중요한 순간은 언제인가?

바로 지금이다. 지금만이 당신이 행동할 시간이기 때문이다.

'이 다음에', '내일' 이라는 놈은

정말로 노련한 사기꾼이 아닐 수 없다.

언제나 그럴 듯한 유혹으로 우리를 속이면서

단 한번도 우리에게 그것을 이룰 수 있게 해준 적은 없다.

반면 '지금', '오늘' 은 정말 정직한 친구이다.

그것들은 우리에게 꼭 행동한 만큼의 보상을 주기 때문이다.

부도 수표를 남발하는 법도 없으며,

한번 한 약속은 반드시 지키는

'지금', '오늘' 이라는 친구야말로

당신이 진정한 친구로 삼아야 할

소중한 순간이다.

그래, 난 못생겼다. 그게 어쨌다는 것인가.
나는 얼굴로 안타를 치는 사람을 본 적이 없다.

— 요기 베라

땅딸막한 키에 볼품없이 생긴 외모로 야구장의 철학자로
칭송받는 사람이 바로 요기 베라이다. 뉴욕 양키즈의 최고의 포수이자
감독을 맡기까지 했던 그는 야구를 통해 우리 인생의 정수와 같은 명언
들을 남겼다.

"어디로 가고 있는지 모른다면 당신은 가고 싶지 않았던 곳으로 가게
된다."

"경기 종료가 선언되기 전까지는 경기가 끝난 것은 아니다."

"당신은 당신을 이긴 승자에게 축하의 말을 건넬 수 있는가? 그렇지
못하다면 문제가 있다. 경기는 경기일 따름이다. 악수를 주고받고 더
노력해서 다음을 기약하면 그뿐 아닌가?"

이런 말들은 우리에게 많은 것들을 느끼게 해주지만 나는 그가 남긴
말들 중에서 위의 말을 가장 좋아한다.

그의 이 말을 되새길 때면 나는 유쾌하고 즐거워진다. 특히 빼어난 외
모가 지상 최고의 복이라고 믿고 있는 많은 사람들의 인생 앞에 고스란
히 해주고 싶은 말이다.

우리는 살고 있다.
그러나 우리의 생명의 길이가 얼마나 되는지 알지 못한다.
우리는 죽는다.
그러나 그때가 언제인지 알지 못한다.
우리는 가고 있다.
그러나 그곳이 어디인지 모른다.
그러고도 우리는 태평하다.
참 놀라운 일이다.

― 독일 민요

자신의 삶이 끝나가는 순간에

"내가 좀 더 열심히 살았어야 하는데……"라는
한숨을 내쉰다는 것은 얼마나 부질없는 일인가?
프랑스의 철학자 볼테르가 죽음의 순간을 앞두고 있을 때
기자가 물었다고 한다.
"지금 당신에게 스물네 시간이 다시 허락된다면
어떻게 쓰겠습니까?"
볼테르는 아주 단호한 어투로 말했다고 한다.

"딱 한 번뿐인 것처럼 살겠습니다!"

미적미적, 대충대충, 갈팡질팡, 정열 없이, 노력 없이,

지금 자신이 서 있는 곳이 어디인지,

자신이 가고자 하는 곳은 어디인지 알지 못하고

뚜벅이 걸음으로 걸어가는 사람의 인생.

그것이 지금 당신의 자화상은 아닌지 한번쯤 돌아볼 일이다.

어떤 영업 사원이 저녁 무렵에 한 기업의 사장을 찾아갔다. 그 사람이 어렵게 허락을 받아 사장실에 들어가자 그 사장이 말했다.

"당신, 오늘 운이 좋은 줄 알아야 합니다. 오늘 하루 동안 내가 퇴짜를 놓은 사람이 열 명이나 됩니다."

그러자 그 영업 사원이 말했다.

"저도 잘 알고 있습니다. 그 열 명이 모두 저였으니까요."

끝까지 포기하지 않는 의지, 그것이 모든 승리의 최우선 조건이다.

― 마샬 포쉬

절친한 친구에게서 아주 재미있으면서도 의미심장한 말을 들은 적이 있다.

"살면서 포기라는 단어는 딱 한 가지의 경우에만 사용해야 해. 포기라는 단어는 배추를 셀 때 빼고는 절대 사용해서는 안 될 단어지."

포기하지 말 것, 절대 포기하지 말 것. 어떤 고난과 시련이 있다 해도 자신 앞에 주어진 길을 포기하지 말 것. 간혹 너무 힘들어 잠시 쉬어갈 수는 있지만 결코 주저앉지는 말 것. 당신, 그리하여 다시 일어서기의 명수가 되기를……

영업 사원의 48퍼센트가 한 번 시도하고 포기한다.

영업 사원의 25퍼센트는 두 번 시도하고 물러선다.

영업 사원의 15퍼센트는 세 번 시도하고 그만둔다.

12퍼센트의 영업 사원은 계속해서 시도한다.

이들이 전체 판매량의 80퍼센트를 달성한다.

— 미국 소매상협회 조사

일본의 테니스 선수인 다테 기미코 선수가 신문 기자와 인터뷰한 것을 보고 "그렇지" 하고 무릎을 친 일이 있다.

기자는 이렇게 질문했다고 한다.

"승승장구하고 많이 이길 수 있는 비결이 무엇입니까?"

"많이 져보는 것이지요."

인생에서 우리는 수많은 시도를 하지만 성공이나 승리보다는 실패나 패배를 더 많이 접하게 된다. 성공이나 승리는 달콤하지만 실패나 패배는 쓰다. 하지만 실패나 패배가 독약은 아니다. 그것은 먹을 당시에는 쓰지만 우리의 몸을 더욱 튼튼하게 해주는 보약과 같은 것이다. 많은 실패와 패배를 경험한 사람은 그때마다 자신의 삶을 더욱 튼튼하게 해줄 보약을 먹는다고 생각하면 마음 또한 한결 가벼워질 것이다.

그가 칭찬을 받을 만하면 바로 지금 그를 칭찬할 시간이다. 죽은 후에는 그는 자신의 묘비명을 읽을 수 없기 때문이다. 한 친구에 대한 친절하고 쾌활한 칭찬과 인정은 명예나 돈보다 소중하다. 그것은 우리의 삶에 흥미를 부여한다. 또한 그것은 당신을 건강하고 용감하게 만들며 삶에 대한 열의와 활기에 차게 한다.

그가 칭찬을 받을 만하거든 그를 칭찬하라. 만약 당신이 그를 좋아하거든 그가 그 사실을 알게 하라. 참된 격려의 말을 소리내어 말하라. 그가 생을 마감하고 클로버 잎 아래에 누울 때까지 기다리지 말아라. 죽은 후에 그는 자신의 묘비명을 읽지 못할 것이기에.

— 데릭 빙햄

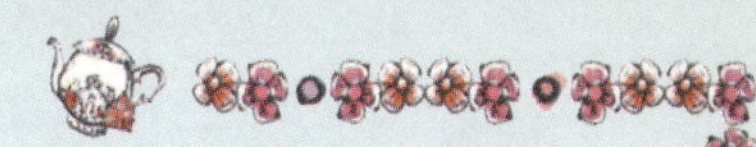

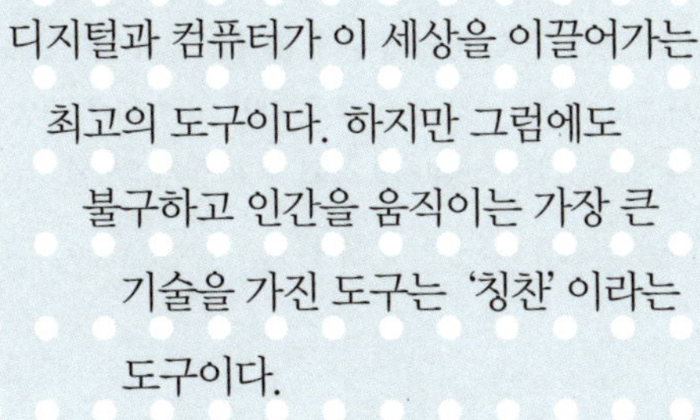

21세기는 최첨단 기계 시대이다.
디지털과 컴퓨터가 이 세상을 이끌어가는
최고의 도구이다. 하지만 그럼에도
불구하고 인간을 움직이는 가장 큰
기술을 가진 도구는 '칭찬' 이라는
도구이다.
그렇지만 우리가 살아가면서 제일
사용하지 않고 있는 도구 또한
이 '칭찬' 이라는 도구이다. 절친한 친구,
많은 장점을 가진 친구에게도 우리는
이 칭찬을 하는 데 너무 인색하다.
사용하는 데 아무런 비용도 들지 않으면서 상대방을
자신감 가득찬 모습으로 변화시켜 주는 놀라운 도구.

'칭찬!'
마크 트웨인은 칭찬의 위력을 이런 말로 요약했다.
"나는 칭찬을 먹고 나면 두 달 동안은
아무것도 먹지 않고 살 수 있다."

우리는 변화에 저항하는 변명거리로 다음과 같은 생각들을 하면서 자신의 창조력을 남에게 줘버리곤 한다.

"신이 용납하지 않을 거야", "하늘이 허용하는 일이라야지", "주변 여건이 적합하지 않아", "사람들이 내가 변하도록 놔두지 않을 거야", "도움을 받을 스승이나 책이 없어", "여유가 없어", "그들의 주문에 홀리고 싶지 않아", "모두 그 사람들 잘못이야", "그들이 먼저 변해야 해", "내가 ~을 얻기만 하면 바로 그렇게 할 텐데", "당신(그들)은 이해하지 못 해", "나는 그들에게 상처 주고 싶지 않아."

— 루이즈 ㄴ 헤이

'해어야 했는데……, 결코 하지 못한' 사람이 있었다. 그에게는 결코 하지 못한 숱한 이유들이 있었다. 그에게는 간절히 해야 하는 이유는 단 한 가지도 없었다. 그의 눈에는 오직 해야 할 일의 장애물만이 보일 뿐이었다.

다른 사람에게도 장애물은 있었다. 하지만 다른 사람은 그 장애물을 넘거나 치우고 앞으로 나아갔다. 반면에 그는 장애물이 있으면 다른 곳으로 가거나 다른 길로 발길을 돌렸다. 그리고 그의 입에는 늘 핑곗거리가 따라다녔다.

그는 완벽한 조건을 갖추어진 길을 평생 기다리다 늙어 죽고 말았다. 결국 그는……, 인생에서 결코 아무것도 남기지 못한 사람으로 기록되어 생을 마감했다.

이 세상에 사는 동안에 사치스럽게만 산 여자에 대한 이야기입니다. 그 여자가 죽어 하늘나라에 가자 한 천사가 그녀를 천국의 집으로 인도했습니다. 그들은 멋진 집을 지나가게 되었습니다. 그 여자는 그 멋있는 집들 중 하나가 자신의 집일 것이라고 생각했습니다. 그러나 그들은 멋진 집들이 있는 중심부를 지나서 변두리로 갔습니다. 그곳에 있는 집들은 굉장히 작았습니다. 그리고 마침내 그들이 들어간 집은 그 가운데서도 가장 변두리에 있는 집으로 판잣집보다 훨씬 초라했습니다.

"이 집이 당신이 살 곳입니다."

"뭐라고요? 이런! 나는 이런 곳에서는 살 수 없어요."

"죄송합니다. 그러나 당신이 보내준 재료를 가지고 더 이상 좋게 지을 수가 없었습니다."

― 스틸

삶은 부메랑 같은 것이다. 내가 세상에 준 친절, 사랑, 말, 행동은 반드시 나에게 다시 되돌아오는 부메랑 같은 것이다.

내가 주지 않고서는 절대 얻을 수 없는 정확한 법칙이 존재하는 곳. 성공을 위해서는 노력을, 우정을 위해서는 진심을, 사랑을 위해서는 자신의 전부를 내주어야만 그것을 얻을 수 있는 곳, 그곳이 바로 우리가 살고 있는 이 세상인 것이다.

"사람은 갈 길이 멀면 끝이 없는 것처럼 생각해.

길이 너무 멀어서 도착하지 못할 거라 생각하지.

그럼 서두르게 되고 계속 급히 가려고 하지."

단번에 먼 길을 갈 생각을 하면 안 된다. 한 걸음씩 차근차근 갈 생각을 해야 한다.

천천히 숨을 쉬고 한 걸음씩 밟아가면 즐거워지지. 그게 중요한 거야.

한 걸음씩 가다보면 먼 길을 간 것을 어느 샌가 깨닫게 되고 숨도 가쁘지 않고.

그게 중요한 거야.

— 영화 '모모' 중에서

「30일 만에 외국인과 대화할 수 있는 비법」,

「일주일만 하면 컴퓨터 도사가 된다」,

「1시간이면 공부 박사가 되게 해주는 책」.

요즘 흔히 볼 수 있는 광고 문구이다. 하지만 이런 책들을

읽어본 사람들 중에서 그 누구도 30일 만에, 일주일 만에,

1시간 만에 이런 것들을 절대 이룰 수 없을 것이다.

외국어, 컴퓨터, 공부, 이런 것들의 공통점은 전부 그다지

노력하지 않고 단시일 안에 이룰 수가 없다는 점이다.

그럼에도 사람들은 단시일 안에 혹은 한 번 만에 이것들을

잘할 수 있는 비법을 찾아 헤맨다.

하지만 그들은 결코 그 방법을 찾을 수가 없다.

애초에 그런 방법이란 존재하지 않기 때문이다.

삶 또한 마찬가지다.

삶에는 복권이나 장사처럼 대박을 터뜨리는 방법이 없다.

별 다른 노력 없이, 단시일 안에 성공하는 삶이란 없기 때문이다.

삶을 너무 멀리 보고 지레짐작해서 포기하지 마라.

한 걸음, 한 걸음씩 성실하게 내딛어라.

사는 동안 가장 먼저 버려야 할 것이 있다면

그것은 삶을 '속성 과정'으로 이수하려는 생각이다.

단순한 삶이란 포기하는 것에서부터 시작된다.

물론 포기한다는 것은 물질의 가치나 물질이 가져다주는 즐거움을 포기하는 것이 아니라, 물질을 소유하기 위한 집착을 포기하는 것을 말한다.

— 마이클 헤머

영국의 한 갑부가 신문에 이런 광고를 냈다.

"자신의 삶에 100% 만족하는 사람은 오십시오. 그것을 증명해 보이는 사람에게 100만 달러의 상금을 드리겠습니다."

그 광고가 나가자 수많은 사람들이 몰려들었다.

면접 날이 되어 그를 찾아온 사람들은 자신의 삶에 100% 만족하는 이유에 대해 설명했다. 박사 학위를 따고 교수가 된 사람, 자신의 가정 생활에 만족하는 사람, 소중한 친구를 가지고 있는 사람, 사회적으로 성공한 사람 등등. 하지만 결국에는 당선자가 나오지 못했다. 그것은 당연한 결과였다. 그 이유는 갑부가 묻는 질문에 아무도 시원스런 대답을 하지 못했기 때문이다.

"정말로 당신이 100% 만족하는 인생을 살고 있다면, 왜 100만 달러라는 상금에 욕심을 냅니까?"

물질을 소유하고 싶어하는 욕망, 그 욕망은 자신의 가슴속에 들어 있는 성실성과 순수함을 조금씩 갉아먹는 괴물이다. 결국 우리는 우리들의 손에 더 많은 물질을 거머쥘수록 소중한 것들을 더 많이 잃어버리게 되는 것이다. 그래서 지금 우리가 살고 있는 이 세상은 순수함에 목이 마르다.

어른들은 숫자를 좋아한다. 새로 사귄 친구 이야기를 할 때면 그들은 가장 중요한 것을 물어보는 적이 없다.
"그 애 목소리는 어떻지? 그 앤 어떤 놀이를 좋아하니? 취미는 뭐니?"라는 말을 절대로 물어보지 않는다.
만약 어른들에게 "창가에는 제라늄 화분이 있고 지붕에는 비둘기가 있는 장밋빛 벽돌 집을 보았어요"라고 말하면 어른들은 그 집이 어떤 집인지 상상하지 못한다. 어른들에게는 "10만 프랑짜리 집을 보았어요"라고 말해야만 한다. 그러면 그들은 "야, 근사하겠구나!" 하고 소리친다.

— 생텍쥐페리

사람들은 다른 사람의 가치를 숫자로 파악하는 경향이 있다. 그 사람의 연봉, 그 사람의 옷차림, 그 사람의 통장 잔액 같은 것으로 모든 것을 판단한다. 자신이 머릿속에 기록해 둔 기준의 숫자에 미달되면 그는 나에게 아무 의미 없는 존재가 되어버리는 세상.

어디 없을까? 가슴속에 든 온기로 그 사람의 됨됨이를 판단하는, 다른 사람에게 자신의 것을 내어줄 수 있는 마음으로 그 사람의 크기를 판단하는 그런 세상은……

어느 노인이 텔레비전 인기 프로에 출연했다. 그 노인은 넘치는 기개와 재치로 쇼를 독차지하며 게임에서는 우승의 상까지 받았다.

"언뜻 보기에도 대단히 행복해 보이는 분이시군요. 그렇게 행복해지는 비결이 무엇입니까?"

사회자의 이 질문에 대한 노인의 대답은 간단하면서도 분명한 것이었다.

"아침에 일어나면 두 가지 중 하나를 선택해야 하지. 하나는 행복해지는 것, 다른 하나는 불행해지는 것이지. 난 그저 행복해야겠다고 마음먹는다네. 그게 전부야."

― 작자 미상

사람의 마음에는 밭이 하나 있다. 밭의 절반은 기쁨, 웃음, 희망, 사랑, 소망, 꿈 같은 것이 있다. 그것을 행복의 밭이라고 한다. 나머지 절반에는 슬픔, 괴로움, 한숨, 절망, 좌절, 두려움 같은 것이 있다. 그것을 불행의 밭이라고 한다. 이 밭은 이미 자라난 것들이 있는 것이 아니라 씨앗인 채로 있다.

사람이 먹고살아야 하듯 우리들은 매일 그 가슴 밭에 반드시 물을 주어야 한다. 어떤 사람은 매일 행복의 밭에 물을 주고 또 어떤 사람은 매일 불행의 밭에 물을 준다.

그렇게 시간이 흘러가고 씨앗이었던 그것들은 꽃을 피우고 만다. 그때쯤이면 사람들은 너무도 판이하게 다른 인생을 살아가게 된다. 원래는 모든 사람이 똑같은 씨앗을 가지고 있지만 매일 어떤 마음 밭에 관심을 기울이고 가꾸느냐에 따라 사람의 인생은 그처럼 달라지는 것이다.

내가 열네 살 때, 우리 아버지는 너무 무식해서
나는 거의 참을 수가 없을 지경이었습니다. 그러나 내 나이 스물한 살이 되었을 때,
아버지가 7년 사이에 어떻게 그렇게 많은 것을 배우셨는지
정말 놀라지 않을 수 없었습니다.

― 마크 트웨인

아버지가 마시는 술잔의 반은

가족을 책임져야 하는 무거운 마음의 눈물이다.

아버지가 흘리는 땀의 반은 가족 때문에 견뎌야 하는

책임감의 눈물이다.

세상 모든 아버지의 두 어깨에 가득 짊어진 책임감이라는

삶의 무게……. 우리는 아무도 알지 못한다.

자신이 어느 누구의 아버지가 되기 전까지는.

이제야 나도 어렴풋이 아버지를

이해할 수 있을 것 같다.

아버지라는 무거운 훈장을

어깨에 짊어진 지금에야.

요즘 사람들은 사는 것이 아니라 단지 삶을 흉내 내고 있을 뿐이야.
나는 흉내를 내는 데 한평생을 써버리고 마는 사람들을 숱하게 보아왔지.
흉내나 내면서 하루하루를 허송하다가 더 이상 스스로를 속일 수 없게 되면
사람들은 팔자를 원망하기 시작하지. 그런데 팔자라는 게 도대체 뭔가?
그건 스스로가 만드는 것이야.

― 막심 고리키

얼마나 비참한 일인가?

세상을 살아가고 있는 것이 아니라

단지 존재하고 있는 것에 그친다는 것은…….

그리고 그 사실조차 제대로 인식하지 못하고

오늘도 이 땅에 발 딛고 있다는 것은…….

성공을 가로막는 13가지 거짓말은 다음과 같다.

1. 하고 싶지만 시간이 없어.

2. 인맥이 있어야 뭘 하지.

3. 이 나이에 뭘 할 수 있겠어.

4. 왜 나에겐 걱정거리만 생기지.

5. 이런 것도 못하다니, 난 패배자야.

6. 사실 난 용기가 없어.

7. 사람들이 날 화나게 해.

8. 오랜 습관이라 버리기 힘들어.

9. 그건 내가 할 수 있는 일이 아니야.

10. 맨 정신으로 살 수 없는 세상이야.

11. 가만히 있으면 중간이나 가지.

12. 난 원래 이것밖에 안 돼.

13. 상황이 협조를 안 해줘.

― 스티브 챈들러

인생을 덧없이 살다간 사람의 무덤가에는

수많은 이유와 핑곗거리들이 쌓여 있다.

히브리어에는 '아브라카 다 브라(Habraca da brah)' 라는 말이 있다.

마술사가 주로 마술을 할 때 주문으로 외우는 이 말은

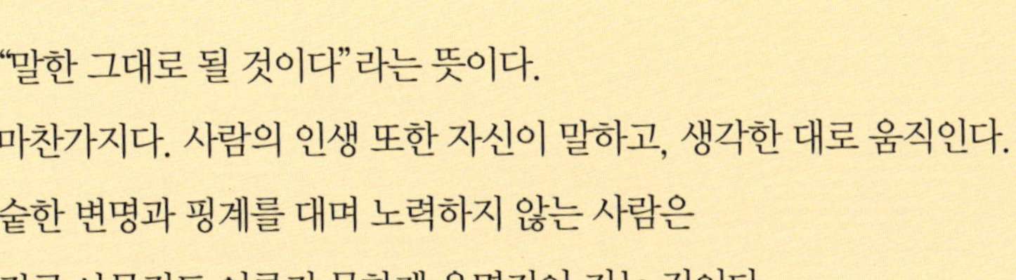

"말한 그대로 될 것이다"라는 뜻이다.

마찬가지다. 사람의 인생 또한 자신이 말하고, 생각한 대로 움직인다.

숱한 변명과 핑계를 대며 노력하지 않는 사람은

결국 아무것도 이루지 못하게 운명지어 지는 것이다.

나는 그냥 소속되기보다는 참가할 것이다.
나는 보살핌을 받기보다는 도움을 줄 것이다.

나는 단순히 믿기보다는 선을 행할 것이다.
나는 꿈꾸기보다는 행동을 취할 것이다.
나는 가르치기보다는 용기를 줄 것이다.

나는 돈을 벌기보다는 풍요롭게 살 것이다.
나는 물질을 주기보다는 몸으로 봉사할 것이다.
나는 그냥 살기보다는 성장할 것이다.
나는 친절하게 행동하기보다는 친구가 될 것이다.

— 작자 미상

언젠가부터 사람들의 말을 바꾸어 생각해 보는 습관을 가져보았다. 사람들이 만나고 헤어질 때 하는 의례적인 인사를 다른 말로 생각하는 버릇이 생긴 것이다.

사람들이 만나면 하게 되는 "안녕하세요"라는 인사를 "삶을 바로 살고 계신가요"라는 인사로, 헤어지면서 하는 "안녕히 계십시오"나 "잘 지내세요"라는 인사는 "더 열심히 사세요", "진정으로 행복한 삶을 사세요"로 바꾸어 생각하기 시작한 것이다.

그 습관을 가지게 된 이후부터 사람들을 만나고, 하루를 살아갈 때마다 가슴이 뜨끔해지는 경험을 하곤 한다.

"삶을 바로 살고 계신가요", "더 열심히 사세요", "진정으로 행복한 삶을 사세요"를 하루에 몇 번씩 듣게 되면서 나는 더욱 내 삶에 분발하게 되었다. 단순히 살아지는 것이 아니라 진지하게 삶을 살아가는 것. 그것은 나에게, 당신에게, 그리고 우리에게 주어진 하나의 의무인 것이다.

어디에 소속되기보다는 참가하게 되고, 꿈을 꾸고 있기보다는 행동을 취하고, 그냥 살기보다는 성장하는 삶. 그런 삶은 얼마나 멋진 삶인가, 얼마나 아름다운 삶인가?

인간의 모든 기관은 마음에 의해 좌우되고 있다. 마음은 보고, 듣고, 걷고, 서고, 굳어지고, 부드러워지고, 기뻐하고, 슬퍼하고, 화내고, 두려워하고, 거만해지고, 설득되고, 사랑하고, 미워하고, 부러워하고, 질투하고, 사색하고, 반성한다. 그러므로 세상에서 가장 강한 인간은 자신의 마음을 통제할 수 있는 인간이다.

— 마빈 토케이어

사람의 가슴 안에는 참 많은 것들이 있다.

모든 것들을 능히 해낼 수 있는 강인함,

아무것도 해낼 수 없는 나약함.

다른 사람의 참 기쁨이 되어줄 수 있는 배려,

나 하나밖에 모르는 이기심.

자기 자신을 아끼고 사랑할 줄 아는 위대함,

자신을 비하하고 낮추어보는 어리석음.

세상의 어떤 유혹에도 흔들리지 않는 의지력,

작은 유혹에도 중심을 잡지 못하고 혹하는 흔들림.

늘 모든 것들의 밝고 좋은 점만을 바라보는 긍정의 눈,

사소한 나쁜 점까지 꼭 끄집어내는 부정의 눈.

모든 사람의 마음 안에는 이렇게 반대되는 것들이 똑같이 있다.

이 많은 것들을 우리는 하나씩 꺼내며 살아가고 있다.

하지만 마음 안에 있는 이것들을 조정할 수 있는 사람이 있고,

조정하지 못하고 감정이 조정하는 대로

그대로 꺼내어 사용하는 사람이 있다.

진정으로 강한 사람은 마음 안에 있는 이것들을 스스로 조정하여

끄집어낼 수 있는 사람이다.

이런 사람들은 마음이 감정을 능히 이겨내는 사람이다.

마음은 늘 우리에게 보다 좋은 것, 보다 아름다운 것만을 말한다.

살아가면서 흐트러진 자신을 가다듬어 보자.

조용히 눈을 감고 마음이 원하는 소리를 들어보자.

그렇게 마음의 고향에서 들려오는 소리에 귀를 쫑긋 세우고

감정이 원하는 바를 이겨낼 수 있는 사람,

그런 사람이야말로 자신과의 싸움에서 멋지게 이겨내는 사람이다.

상상력의 힘이란 정말 대단하군. 자네는 싸우기도 전에 이미 지고 있어. 할 수 있는 데까지 최선을 다해야 하네. 일이 번거롭고 인간이 나약하다는 것을 생각하고 다가가서는 아무것도 못하고 말아. 그러니까 우선 시작부터 하고 나서 할 일을 생각하는 거야. 석공을 보게! 묵묵히 연장을 놀리고 있지. 큰 돌은 좀처럼 움직이지 않는다네. 그런데도 얼마 안 있어 집이 완성되고, 계단에서는 아이들이 뛰놀게 된다네!

― 알랭

어떤 일이든 용기를 가지고 시도하는 사람은

실수를 저지를 수도 있고 패배를 당할 수도 있다.

하지만 그래도 시도하지 않는 사람보다 훨씬 낫다.

그는 삶에 있어 가장 치명적인 실수인 아무것도 하지 않는

실수는 하지 않기 때문이다.

찾습니다! 어제 오후 황금과도 같은 그 시간을 분실했습니다. 매시간마다 다이아몬드 못지않은 60분이 있습니다. 당신이 그것을 찾아주신다 해도 아무런 사례도 할 수 없습니다. 그것은 내 인생에서 영원히 사라져버린 시간이기 때문입니다.

— 호러스 맨

김한길 씨는 자신의 인생에서 가장 슬픈

단어를 고르라면 '죽음'이나 '실패' 같은 것을 제쳐두고

'나이'라고 하고 싶다고 했다.

나이와 시간은 반비례하는 것 아닐까? 나이를 먹어갈수록

그만큼 시간을 잃어버리게 되니까.

나이가 들어간다는 것은 그만큼 시간이 흘러간다는 것과

같은 말일 것이다. 또 그것은 이제 남은 시간이

점점 줄어들고 있다는 것과 같은 말일 것이다.

아, 좀 더 열심히 살아야 할 것 같다.

내 인생에서 사라져가는 하루하루라는 짧은 시간들을

아쉬워하며……。

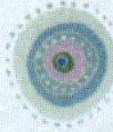

나뭇잎에게 물어보라

"당신은 혼자서 살 수 있나요?"

그러면 나뭇잎은 "아니오, 나의 삶은 가지에게 달려 있습니다."

가지에게 그렇게 물어보라. 그러면 가지는 이렇게 대답할 것이다.

"아니오, 나의 삶은 뿌리에게 달려 있습니다."

뿌리에게 그렇게 물어보라. 그러면 대답할 것이다.

"아니오, 나의 삶은 줄기, 가지들, 그리고 나뭇잎들에게 달려 있습니다. 가지들로부터 나뭇잎들을 제거해 버린다면 나는 죽게 될 것입니다."

사람도 마찬가지다. 사람은 누구나 혼자서는 살 수 없다.

— 헨리 에머슨 포스딕

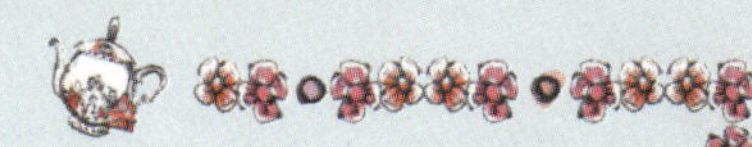

코르도프스키는 이렇게 말했다.

"나의 종교는……, 목숨이 있는 모든 것을
사랑한다는 것이다."

각자의 길을 걸어가고 있지만 같은
공간에서 같은 시간을 살아가고
있다는 것은 대단한 인연이다.
진정으로 세상을 값지게 살아가는
사람은 인연의 소중함을 알고
가꿀 줄 아는 사람이다.
그들은 작고 이름 없는 사랑,
그리고 기억할 수 없는 작은 친절과
사랑의 행동을 베풀고 실천해 나가는 사람이다.
우리들은 누구나 그것이 살아가는 동안
가장 어렵고 소중한 것이라는 것을 잘 알고 있다.
하지만……, 우리는 왜 그렇게 자주 그 사실을 잊어버리고
소홀하게 생각하는 경우가 많은지.
그런 이들이야말로 이렇게 오염된 세상을 맑게 해주는
공기청정제 같은 사람들이다.

성공과 함께 길을 걸어갔다네.
그는 온종일 나에게 조잘거리며 말했다네.
하지만 나는 거기서 아무런 지혜도 얻지 못했다네.
그가 계속해서 나에게 말했음에도 불구하고…….
실패와 함께 길을 걸어갔다네.
그는 내 곁에서 아무런 말도 하지 않았다네.
하지만 나는 그에게서 너무나 많은 것을 배웠다네.
나는 비로소 알게 되었네.
실패가 나에게 얼마나 귀중한 것들을 가르쳐주었는지를…….

― 로버트 해밀턴

실패의 시간들은 결코 당신의 인생에서

낭비되었거나, 폐기되어야 할 시간이 아니다. 오히려

그 시간은 당신의 인생에 최고의 영양제가 되는 시간인 것이다.

실패를 한 당신은 내가 아무것도 해낼 수 없다는 사실을

알게 된 것이 아니라, 그것을 이루기 위해 하면 안 될

한 가지 방법을 새로 알게 된 것일 뿐이다.

에디슨에게 기자가 물었다고 한다.

"당신은 전구를 발명하기 위해 일만 번이나 실패했는데

그 실험들은 모두 헛된 일이 아니었습니까?"

하지만 에디슨은 웃으며 이렇게 말했다.

"아니요, 나는 일만 번의 실험을 실패한 것이 아니라 이렇게 하면 전구가 되지 않는다는 9999가지의 새로운 방법을 알았을 뿐입니다."

다시 한번 자신에게 진지하게 물어보기를.

'나는 순간의 실패를 인생의 영원한 패배로 생각하는 어리석은 사람은 아닌가?' 라고.

세상에 완벽한 사람은 없다. 우리는 모두 무엇인가를 두려워하거나 자신의 능력에 한계를 느낄 때가 있다. 누구에게나 이야기를 나눌 수 있는 상대가 필요하다. 두 사람이 서로 일상적인 얘기가 아닌 진지한 대화를 주고받는 일은 좋은 일이다. 대부분의 사람들은 이런 만남을 좋아하기에 괜한 두려움을 느낄 필요는 없다. 스스로의 나약함을 먼저 부끄럼 없이 보여주면 상대방도 그런 진지한 자세를 취하게 된다. 가면을 벗으면 서로 만나는 것이 한결 수월해지는 것이다.

— 리브 울만

나는 너무 강하고 모든 것이 완벽한 사람을 친구로 삼고 싶은 마음이 별로 없다. 가끔은 건망증 때문에 머리를 긁적이게 되는 친구, 사는 동안 겪게 되는 실패 때문에 눈물 흘리며 술잔을 부딪칠 수 있는 친구, 늦은 밤 괜히 전화해 '그냥 걸었어' 라고 이야기하는 친구, 냉철한 지성과 매사에 완벽주의인 사람보다는 감성적이고 슬픈 드라마를 보고 눈물 흘릴 줄 아는 그런 사람을 친구로 삼고 싶다.

그런 친구에게서 나는 '인간미' 라는 그 친구만의 매력을 엿볼 수 있기 때문이다.

이 세상에서 긍정적인 뒷받침보다 더 강력한 것은 없다.
따뜻한 미소, 낙관적인 말, 그리고 희망, 힘겨울 때 건네는
"넌 할 수 있어!"라는 말 한 마디.

— 리처드 M. 데보스

윌리 아모스라는 사람은 성공에 대해

아주 재미있는 표현을 했다.

"성공은 캔에 담겨 있다. 바로 'I can' 이라는 캔에……."

정말로 쿨(cool)한 정의가 아닐 수 없다.

피아노로 시끄러운 소음밖에 못 내는 이가 있는가 하면 멋진 음악을 연주하는 이도 있습니다. 그렇다고 피아노가 잘못되었다고 말하는 이는 없을 것입니다. 인생도 똑같습니다.

인생에도 불협화음이 있는가 하면 아름다운 음악도 있습니다. 제대로 사는 법을 배우고 깨우치면 아름다운 인생이 될 것입니다. 인생 자체에는 잘못이 없는 것이니까요.

― 니농 드 랑클로

인생이라는 교향악은 우리의 하루하루가 모여 연주된다. 세월의 어느 한순간도 인생이라는 교향악에서 제외될 수는 없는 것이다.

누구에게나 삐걱대고 절룩거리는 인생의 시기는 있기 마련이지만 그렇다고 해서 인생이라는 교향악이 멈추지는 않는 법이다.

좋았던 시절, 힘들었던 시절, 행복한 추억, 아픈 추억, 즐거웠던 순간, 안타까웠던 순간들이 함께 모여 우리의 인생 교향악이 연주되기 때문이다.

자신의 세월 중 기억하고 싶지 않은 순간들을 버리고 싶다고 해서 인생을 편집하듯 잘라내 버릴 수는 없는 것이다. 먼 훗날 우리가 인생의 교향악을 끝낼 즈음이 되면 우리는 자신만의 인생 교향악을 감상하게 될 것이다. 그때가 되면 수많은 아쉬움과 후회가 남을지도 모른다.

나는, 우리는 그런 삶을 꿈꾸며 살아가는 것 아닐까? 자신의 인생 교향악을 감상하게 되는 마지막 그 순간에 지나간 시간들을 떠올리며 행복한 미소를 지을 수 있는 삶을……